Magie, Médium et Mère Noël

Loi n° 49-956 du 16 juillet 1949 sur les publications destinées à la jeunesse

Couverture : MJK

Correction : Émilie Chevallier

ISBN : 978-2-9589899-2-7
Première édition : novembre 2023
Dépôt légal : novembre 2023

À tous ceux qui posent leurs décorations de Noël soi-disant trop tôt.

CHAPITRE I

Comme la plupart de mes clients, madame Duchemin voulait savoir si sa vie allait s'améliorer. Sa fille allait-elle finir par se marier ? Son époux allait-il lui apprendre le jour du réveillon qu'il allait bientôt prendre sa retraite ? Est-ce qu'Estelle du club de lecture allait enfin déménager pour qu'elle n'ait plus à supporter sa voix nasillarde et son air hautain ? Ou encore aurait-elle bien un bijou hors de prix pour Noël, comme à l'accoutumée ? Assise devant moi dans une semi-pénombre, elle me contemplait comme si j'allais lui donner toutes les réponses à ses questions. Et en même temps, elle aurait été bien bête de croire l'inverse alors qu'elle me payait pour cela !

Madame Duchemin était ce que j'appelais un porte-monnaie sur pattes. Ou bien encore une banque mobile. Elle possédait sur elle autant d'argent que de botox. Et vu qu'elle semblait avoir cinquante ans au lieu des soixante qu'elle affichait réellement au compteur, vous vous doutez bien qu'elle était pleine aux as ! Il fallait que je lui réclame le nom de son chirurgien pour mes vieux jours. Il accomplissait un travail extraordinaire !

— Alors, que voyez-vous ? me demanda-t-elle, avide d'informations.

J'inspirai profondément et abaissai mon regard sur les quelques cartes de tarot qu'elle avait tirées sur la table qui nous séparait.

— Vous devrez patienter encore, concernant votre mari, déclarai-je.

Il n'avait pas atteint la soixantaine, et c'était grâce à lui et à son travail dans une multinationale qu'ils vivaient une vie de palace. Nul doute qu'il n'allait pas se retirer tout de suite sur un coup de tête.

Madame Duchemin fronça les sourcils. Enfin, du moins, j'étais presque certaine que c'était ce qu'elle avait essayé de faire. Sa peau était tellement tendue que ses yeux s'étaient à peine plissés.

— J'espérais pouvoir le garder plus longtemps avec moi après nos trois semaines de vacances aux Bahamas le mois prochain...

Pauvre choupette qui partait se dorer la pilule en janvier alors qu'on allait tous s'emmitoufler dans de grosses doudounes pour supporter le froid ! Savait-elle de quand dataient mes derniers congés ? Non ? Bah, moi non plus ! Encore un peu, et je lui envoyais une boîte de mouchoirs au visage. Quoique, ses fossettes étaient tellement rebondies qu'elle risquait de me revenir dessus comme un boomerang.

— Et ma fille ? s'enquit-elle.

Sans doute une gosse de riches comme les autres, qui passait tout son temps à poster des photos d'elle sur Instagram. Qu'en savais-je ?

— Je sens qu'elle travaille beaucoup sur elle-même, lâchai-je.

Sur ses gommages de la peau, la beauté de ses ongles, tout ça...

— Beaucoup d'hommes lui tournent autour, ajoutai-je en montrant la carte de la papesse comme si cela confirmait mes propos. Mais certains sont intéressés uniquement par son argent.

Un porte-monnaie sur pattes de mère en fille, en même temps !

— Il va falloir qu'elle parvienne à voir au-delà des apparences, conclus-je.

Ça, c'était une de mes phrases fétiches. Elle faisait mouche chaque fois.

— Oui, ce monde est envahi de personnes vicieuses, fit madame Duchemin avec véhémence.

Je souris.

— À qui le dites-vous !

Si elle savait qu'elle donnait son argent à une fausse médium, elle en ferait sans doute une syncope ! Et si, en plus de tout cela, elle apprenait que j'étais une sorcière, alors là... Je n'osais imaginer le résultat !

— Et concernant Estelle, ajoutai-je, elle partira d'ici l'été.

C'était une certitude. Pas besoin d'être Nostradamus pour le savoir, puisqu'elle me l'avait dit pas plus tard qu'hier lors de notre séance.

Réjouie, madame Duchemin sourit. Enfin, sa bouche se tordit légèrement vers le haut.

— C'est une très bonne nouvelle !

Elle posa quelques billets sur la table et se leva. Son sac de luxe pendait sur son avant-bras. À mon tour, je me mis debout et allai la rejoindre pour la raccompagner.

— Nous nous voyons la semaine prochaine, lança-t-elle en ouvrant la porte.

Je plissai les yeux face à la lumière du jour que je venais de me prendre en pleine tête et me frottai les bras à cause du froid provenant de l'extérieur.

— Bien entendu, madame Duchemin. Rentrez bien.

Elle s'en alla en faisant claquer ses talons sur le bitume pour rejoindre son chauffeur qui l'attendait un peu plus loin. J'imaginais qu'elle ne voulait pas que quelqu'un remarque sa voiture garée devant mon cabinet. Ça pouvait se comprendre, me direz-vous. Mais n'empêche... Avec le verglas qui s'installait sur nos trottoirs, elle n'avait pas froid aux yeux de se jucher ainsi sur dix centimètres. À sa place, j'aurais déjà perdu une cheville depuis bien longtemps.

Je réintégrai mon intérieur chaud et calme. Mon nez se plissa sous l'odeur d'encens. Je ne pouvais plus me piffer cette fragrance, mais cela faisait partie du kit de la parfaite petite voyante. J'avais aussi une collection de pendules et de jeux de divination. En tant que fausse médium, je pouvais me contenter de raconter que j'entendais les messages des défunts, mais clairement, les clients se sentaient plus rassurés lorsqu'il y avait du matériel, et moi, ça me faisait gagner du temps pour les cuisiner quand j'en avais besoin.

J'allai vers la table et attrapai le paiement de madame Duchemin pour le ranger avec les autres dans une grosse enveloppe en velours planquée dans un roman factice de ma bibliothèque. Non, je ne posais pas mon argent à la banque. Je m'étais toujours dit qu'il ne serait jamais plus en sécurité que caché quelque part par mes propres soins. Pour cela, j'aurais pu recourir à un sort de dissimulation, mais si jamais un défenseur (c'était ainsi qu'on appelait un membre de la police des sorciers) venait mettre son nez par ici, il pourrait déterminer où j'avais utilisé ma magie. Non, je préférais m'abstenir. Et qui penserait qu'une sorcière planquait son argent aussi simplement ? Personne ! Mon plan était parfait.

Une fois que ce fut réglé, j'allai prendre mon carnet de rendez-vous. Il ne m'en restait plus qu'un pour aujourd'hui, mais bien plus tard. Évidemment, c'était encore un non-sorcier, ou comme on les appelait chez nous, un lambda. Les nôtres étaient trop futés pour imaginer que je disais la vérité. Et surtout, leurs vengeances pouvaient être bien plus douloureuses si je me trompais !

On aurait pu croire que j'aimais travailler sur les lambdas, car je pouvais leur retourner l'esprit en deux secondes avec un peu de magie. Mais en vérité, ce n'était pas si simple. Leurs cerveaux étaient faits de telle manière que dès que de la sorcellerie entrait en jeu, ils perdaient un peu le sens des réalités. Leurs neurones leur dissimulaient la magie, même si elle se trouvait devant eux. Leur esprit leur soufflait une explication plausible, bien que très loin de la vérité. Donc quand j'avais besoin d'utiliser un peu de mon pouvoir pour les convaincre de quelque chose, je devais le faire avec parcimonie, et surtout pas de front. Au fil des mois et de mes expériences, j'étais parvenue à des résultats très satisfaisants. Mais parfois... Disons que ce jeune Italien ne devait pas me faire de la publicité au-delà des frontières. Il avait été retrouvé nu au beau milieu d'une ferme et sur son corps était inscrit mon prénom en lettres de sang. Toutes les Valentine d'Italie avaient dû prendre peur, à n'en point douter.

Surtout que nous n'avions jamais découvert d'où venait le sang...

Bref, si ce n'était pas une chouette anecdote à raconter le jour de mon mariage, je ne savais pas ce que c'était !

M'enfin, avant de penser à me faire passer la bague au doigt, je devais d'abord trouver un soupirant, car, à presque trente ans, j'étais toujours seule. Pourtant, dénicher la perle rare semblait aussi simple que de monter une mayonnaise.

Avais-je déjà mentionné que j'étais nulle en cuisine ?

Mon appartement étant à quelques rues de là, je décidai de rester et me rendis dans ma salle de repos pour faire une pause. Un endroit tellement cosy que mes épaules se détendirent à peine eus-je posé un orteil sur la moquette. Ici, pas la peine de faire semblant, je pouvais juste aménager et décorer comme j'en avais envie. Raison pour laquelle une dizaine de guirlandes habillaient l'espace, et un arôme gourmand de cannelle remplaçait celui de l'encens.

D'un geste, j'enlevai mes bottines et me retrouvai en chaussettes polaires sur mon parquet. Trois pas plus tard, j'étais devant mon petit réfrigérateur. J'y attrapai ma bouteille de lait et me fis un chocolat chaud. Cette boisson, c'était le paradis sur terre, elle était excellente, brûlante, réconfortante et, depuis que le froid avait investi la ville, elle m'avait fait prendre deux kilos. Oui, bon, ça, c'était un peu moins drôle, mais je préférais rester dans le déni et continuer d'être heureuse. Je pleurerais plus tard, quand viendrait le moment de me mettre en maillot à la plage.

Ce fut donc avec une main prise que j'allai m'installer sur mon petit canapé. La libre, quant à elle, posa la couverture rouge à flocons blancs sur mes jambes avant d'attraper la télécommande. C'était l'heure du film de Noël. Pendant deux mois, je n'acceptais aucun rendez-vous en début d'après-midi, juste pour pouvoir me la couler douce. Madame Duchemin avait insisté pour venir sur ma pause déjeuner. Vu ce qu'elle avait aligné en échange, j'aurais été bête de refuser. Seulement, même l'argent ne pouvait remplacer cet instant magique que nous étions en train de vivre, moi, mon jean ouvert au niveau de mon ventre et ma moustache de chocolat au-dessus de mes lèvres.

Si chaque après-midi se déroulait ainsi, j'allais passer des fêtes merveilleuses !

CHAPITRE 2

On sonna à la porte cinq minutes à peine après que mon téléfilm fut fini. Je regardai ma montre. Mon client était en avance. Je me levai en soupirant et reboutonnai mon pantalon avant d'enfiler mes bottines. Il était difficile de retrouver la motivation pour travailler après avoir comaté sur un canapé pendant presque deux heures.

Je retournai dans mon cabinet et grimaçai en allumant un bâton d'encens. Qu'est-ce qu'il ne fallait pas faire pour avoir l'air honnête !

Puis je me dirigeai vers la porte et regardai par le judas. L'homme qui attendait juste devant mon entrée était beau gosse. Brun, une courte barbe, des yeux bleus à se damner. Lui, je n'étais pas contre en faire un client régulier ! Ni un quatre heures, d'ailleurs, si l'occasion se présentait. Je regardai mon pull à col en V et tentai de descendre un peu mon décolleté avant de rentrer mon ventre et d'ouvrir la porte.

Je plissai les paupières pour me donner un côté mystérieux et affichai un demi-sourire.

— Bienvenue.

L'inconnu fronça les sourcils en fixant mon visage avec un air contrarié.

Ah. Bon, bah, vraisemblablement, je n'étais pas à son menu du jour !

— Vous avez quelque chose…

Il ne finit pas sa phrase et me montra ses lèvres.

Décontenancée, je passai ma main sur ma bouche et avisai le chocolat sur mes doigts.

— Ah, lâchai-je.

Prise en flag de gloutonnerie, mon capitaine !

Tant pis, chaque problème avait une solution.

— C'est le risque quand on papote avec la mort toute la journée ! déclarai-je en souriant.

Bah oui, la mort avait un petit côté *Charlie et la chocolaterie*, c'était bien connu. Bien évidemment, le nouveau venu me regarda comme si j'étais folle. Bon sang, il venait s'adresser à une médium, il s'attendait à quel genre de blague, au juste ?

Je reculai et l'invitai à entrer d'un geste.

— Allez donc vous installer, lui conseillai-je.

Clairement, il hésita.

Ce n'était pas le premier à me faire le coup. Pas mal de gens arrivaient sans vraiment être sûrs en leur for intérieur qu'ils prenaient une bonne décision. Mon portefeuille trouvait pourtant que c'était une idée merveilleuse.

— Vous savez, il fait meilleur à l'intérieur, insistai-je.

Le chauffage, ce n'était pas gratos et à cause de la porte ouverte en plein mois de décembre, j'allais consommer plus que nécessaire.

Dieu merci, il finit par me passer devant. J'en profitai pour renifler son parfum, qui était légèrement musqué. Je fermai ENFIN derrière lui et allai m'installer sur ma chaise.

Il ôta sa veste, et je contemplai sans vergogne la courbe de ses épaules.

Deux choix s'offraient à moi, ou bien il faisait du sport, ou bien son métier développait les muscles du haut de son corps.

Il finit par s'asseoir, l'air mal à l'aise. On aurait dit un éléphant dans un magasin de porcelaine.

— Vous ne semblez pas dans votre assiette, lançai-je.

— C'est sans doute à cause de l'encens. J'ai l'odorat sensible.

Bichette ! Il avait le nez qui piquait !

— J'ouvrirais bien une fenêtre pour aérer, mais ça ferait partir les bonnes énergies...

Et tout mon pognon en facture d'électricité.

Je collai un sourire factice sur mon visage et ramenai mes cheveux roux en arrière.

— J'imagine que vous êtes venu ici pour une raison précise. En quoi puis-je vous guider, mon ami ?

Je laissai ma magie s'évader de mon corps. Ce n'était qu'une question de secondes avant qu'il n'égare ses repères et qu'il ne devienne aussi perdu qu'un agneau face au grand méchant loup.

— Je cherche quelqu'un.

Je haussai un sourcil. Cela me paraissait bien trop précis. J'allais devoir y aller un peu plus fort. Ma magie se faufila dans le dos de mon client et remonta le long de sa nuque. L'inconnu me lâcha un regard noir.

— Je ne pense pas qu'elle soit dans ma tête, ajouta-t-il, agacé.

Ma bouche s'ouvrit sur un O silencieux, et je rappelai ma magie à moi.

— Vous êtes un sorcier, compris-je.

— Et vous, une très mauvaise médium, si vous ne l'aviez pas tout de suite deviné.

Outrée, je croisai les bras.

— Ce cliché comme quoi une voyante doit tout savoir sur tout est un peu exagéré, monsieur !

— Simon, soupira-t-il.

— Eh bien, monsieur Simon, si vous êtes venu ici pour me tester, vous pouvez repartir !

Tout simplement, car je ne prendrais pas le risque de me frotter à un sorcier. J'étais courageuse, mais pas téméraire.

Je me levai de ma chaise et attendis qu'il en fasse de même.

Le bougre ne bougea pas d'un pouce.

— Comme vous l'avez supposé, je suis là pour une bonne raison.

— Vous cherchez quelqu'un, répétai-je.

— Oui, une femme.

Je clignai plusieurs fois des yeux, sans doute trop rapidement pour que cela semble normal.

— Je ne suis pas *Meetic*, monsieur Simon, finis-je par dire.

Sa main droite alla trouver son front dans un geste désespéré.

— Je m'efforce de retrouver une personne de sexe féminin, et non une dame à marier, précisa-t-il.

Ah ! Eh bien, c'était souvent l'inverse par ici, donc il pouvait remballer son air blasé.

Je me rassis, contrite.

Je sentais que cette séance n'allait pas bien se passer. Déjà, depuis que j'avais ouvert la porte, ce n'était pas glorieux. Et puis, sans magie pour m'aider dans ma tricherie, j'étais assez démunie.

J'attrapai un jeu de cartomancie et le mélangeai d'une main experte avant d'étaler les cartes faces cachées devant mon client.

— Mettez-en une à gauche, une à droite, une en haut, en bas, puis une dernière au milieu.

Cela formait une croix. Entre nous, il aurait fait une étoile, ça aurait été pareil, mais le côté religieux rendait toujours le tout un peu plus mystique.

Simon obéit, je m'approchai de la table et contemplai son jeu.

— Cette femme est importante pour vous, je me trompe ?

Je ne prenais aucun risque à demander cela. Quelqu'un que l'on cherchait était forcément important, pour une raison ou une autre. Sa réponse cependant pouvait me donner du grain à moudre pour la suite.

— Mais encore ? se contenta-t-il de dire.

Mes mâchoires se serrèrent. Évidemment, il n'allait pas m'aider !

— Recouvrez, lui intimai-je.

J'observai ses longs doigts graciles attraper délicatement de nouvelles cartes pour les déposer sur celles déjà exposées.

— Vous êtes dans une impasse, déclarai-je en tapotant l'une d'elles au hasard.

Si ce n'était pas le cas, il ne serait pas ici, surtout au vu de sa réticence.

— Cela vous met en colère, ajoutai-je.

Avec la tension qui émanait de lui, c'était plus que probable.

— Je ne suis pas en colère, lâcha-t-il pourtant.

— Inquiet, alors ? proposai-je.

Ces émotions étaient proches. Son silence me confirma que j'avais raison.

Il recherchait une femme importante pour lui, et il était soucieux. C'était donc forcément quelqu'un qu'il connaissait bien. Était-ce une personne de sa famille ? Une petite amie ?

Je zieutai de nouveau mon client. Il était vraiment à croquer, alors si sa moitié l'avait abandonné, c'était qu'il devait avoir un caractère de chien.

J'inspirai profondément, j'allais devoir prendre des risques pour la suite. C'était quitte au double, si je visais mal.

— Peut-être ne souhaite-t-elle pas être retrouvée...

Son regard sur moi était aussi froid que celui d'un bonhomme de neige.

— Je ne vous demande pas ce qu'elle désire, mais où elle se trouve.

— Je suis médium, monsieur, pas Mappy.

Il ne fallait peut-être pas exagérer sur mes capacités.

— Je peux vous sortir une carte, un pendule et travailler dessus, mais ça vous coûtera beaucoup d'argent pour un résultat peu fiable, je préfère être honnête.

Enfin, on se comprenait. Avec un lambda, j'aurais insisté sur les bienfaits des autres méthodes, et il aurait payé un maximum. Mais avec un sorcier, mieux valait rester prudente.

Si les défenseurs apprenaient ce que je faisais réellement ici, je risquais d'avoir de gros problèmes. Comme des barreaux devant ma fenêtre et des toilettes dans ma chambre. Autant vous dire que c'en serait fini de mes chocolats chauds l'après-midi !

— Je comprends, fit Simon. Proposez-vous d'autres prestations ?

Mes sourcils se haussèrent.

— Comment ça ?

— Spiritisme ? Possession ? Magnétisme ?

Mes muscles se tendirent. Peut-être n'avais-je pas réellement de talent de médiumnité, mais j'avais quand même un certain instinct. Et il me disait que la présence de cet homme chez moi était dangereuse. Et s'il était là pour me piéger et m'arrêter ensuite ? Je devais stopper cette séance tout de suite.

— Malheureusement, je sens que je n'ai rien à vous apporter de plus. J'en suis désolée. J'espère que vous retrouverez cette femme.

Je me levai, ce qui était une invitation pour lui à en faire de même. Pourtant, il ne broncha pas.

— Vous n'êtes pas obligé de payer, le rassurai-je. Je ne vous ai pas été d'une grande aide, vous ne me devez rien.

Comme ça, si c'était un flic, il aurait peut-être moins de griefs contre moi.

J'attendis, le bougre ne fit toujours pas un geste.

— Monsieur Simon ?

Il n'allait pas se mettre à pleurer, si ? Non, car j'avais un petit faible pour les hommes sensibles, et ça serait vraiment mal de déshabiller celui qui voulait me passer les menottes aux poignets. Enfin, après, tout dépendait de la situation.

Mon client remua les lèvres, mais, perdue dans mes pensées, je n'avais rien entendu.

— Pardon ? lui demandai-je de répéter.

— Vous aimez les sucres d'orge ?

Bon sang, c'était moi ou cette question jaillissait de nulle part ?

— Non. Pourquoi ?

Il fourra sa main dans la poche de sa veste et en sortit un papier qu'il me tendit.

Perplexe, je l'attrapai avant de découvrir que c'était une photo. On aurait dit que cela venait d'une caméra de surveillance. C'était assez flou, mais on y discernait une femme en train de repartir avec un Caddie rempli à ras bord de sucres d'orge. Un homme courait derrière elle, peut-être qu'elle n'avait pas payé la note.

— C'est elle que vous cherchez ? demandai-je à mon client.

Il secoua la tête.

— Non. Car elle, c'est vous.

J'observai Simon, et mes épaules s'affaissèrent de désespoir.

Effectivement, il était très beau, mais il avait aussi un sacré pète au casque !

CHAPITRE 3

Je rendis la photographie au fêlé qui se tenait assis dans mon cabinet.

— Super, maintenant qu'on a bien rigolé, vous pouvez vous en aller !

Cette fois, il se leva.

Merveilleux, s'il suffisait de demander gentiment !

— Je ne blague pas, c'est bien vous sur cette photo, renchérit-il.

Ah, non, il ne comptait pas lâcher l'affaire...

— Je pense que je m'en souviendrais si j'étais allée dévaliser un magasin de sucres d'orge alors même que je n'aime pas ça, monsieur Simon.

— Arrêtez de m'appeler monsieur Simon.

— J'en rêve ! Croyez-moi, une fois que vous serez parti d'ici, plus jamais je ne le dirai !

Oust ! Tirez-vous ! Allez faire du patin à glace ou même des sablés de Noël, je m'en fous, mais faites-le ailleurs !

J'attrapai sa veste sur le dossier de la chaise et la lui tendit pour le motiver un peu.

— Je pense que vous avez été manipulée, déclara-t-il.

Il paraissait tellement sérieux que je ne pus m'empêcher de rire.

Manipulée ? Moi ? C'était vraiment amusant.

Je posai ma main sur son épaule dans un geste réconfortant. En vérité, je disais aussi au revoir à ces beaux biceps que je ne reverrais plus jamais. Ils allaient me manquer !

— Vous devriez en parler à votre clan. Il existe des spécialistes pour ce genre de paranoïa.

Puis, sans qu'il s'y attende, je libérai ma magie et le poussai jusqu'à la porte que j'ouvris à toute vitesse.

— Allez, sans rancune, et joyeux Noël ! clamai-je.

Je claquai le battant et intimai à ma magie de verrouiller derrière lui. Qui sait jusqu'où pouvait aller ce type ? Je l'avais pris par surprise une fois, je n'étais pas persuadée de pouvoir recommencer.

— Vous ne comprenez pas ! hurla-t-il. Ce n'est que le début ! Des trucs encore plus fous vont vous arriver ! Je peux vous aider !

La chose la plus folle en ce moment dans ma vie, c'était lui !

Il s'époumona un certain temps puis, enfin, le silence se fit. Alors que je pensais qu'il était parti, un papier passa sous ma porte.

Je l'attrapai d'une main méfiante. C'était une carte avec un numéro de téléphone et, inscrit au dos : « *Vous saurez quand m'appeler* ».

— J'en ai connu des barges, mais alors celui-ci...

J'allai jusqu'à ma salle de repos et balançai sa carte à la poubelle. Un si bel homme avec l'esprit ravagé, c'était du gâchis !

Après un long soupir, je me posai sur mon canapé. Le mal de crâne qui me taraudait de temps à autre ces derniers jours me revint en pleine poire. Je ne me sentais pas de rentrer tout de suite à la maison. En plus, avec la chance que j'avais, le Simon faisait le pied de grue dehors à attendre que je sorte pour me harceler. Non, j'allais patienter une heure ou deux. Avec le froid de canard qui régnait à l'extérieur, nul doute qu'il allait lâcher l'affaire avant moi. J'attrapai la télécommande et pris un nouveau film en cours de route. C'était l'histoire d'une petite fille qui avait perdu sa mère à la naissance et qui cherchait une femme pour son père. Cliché. Parfait.

Je croisai les pieds sur la table basse et bâillai à m'en

décrocher la mâchoire.

Qu'est-ce que c'était épuisant de recevoir des gens ! Surtout quand c'étaient des sorciers. Sérieusement, j'adorais mon peuple, encore plus mon clan en général, et ne parlons pas de ma famille. Je les portais dans mon cœur, et nul doute qu'ils me tueraient s'ils apprenaient ce que je faisais réellement dans la vie, car non, ils n'en savaient rien et c'était mieux ainsi. Mon père était artisan boulanger, et le fait qu'il soit un sorcier ne l'avait pas forcément aidé à réussir. Il lui avait fallu des années pour tirer son épingle du jeu et avoir une bonne clientèle qui le maintenait sur les rails. Ma mère travaillait dans une école. Elle adorait les enfants, son métier était une vocation, mais on ne pouvait pas dire qu'il payait des masses. Mon frère et moi avions tout de même eu tout ce dont nous avions besoin en grandissant. Cela avait pris du temps pour qu'on se rende compte des concessions que nos parents avaient faites pour nous. Et quand était venu le moment de voler de nos propres ailes, hors de question de leur demander quoi que ce soit. Seul souci ? Je n'avais pas trouvé de boulot dans ma branche. J'avais fait des études de psychologie magique. Disséquer l'esprit des gens était vachement sympa. Mais dénicher un emploi dans le domaine s'était cependant avéré plus compliqué. Et à côté de cela, je n'avais pas de talent particulier. Non, regarder la télévision n'était pas un métier, je m'étais renseignée. Ce fut le jour de Noël l'année précédente, lors d'un dîner en famille, que j'avais eu la révélation : ouvrir un cabinet de médium.

Tout était parti d'une conversation avec Madette. Madette, c'était ma tante. Et il n'y avait pas que son prénom qui était original. J'entendais par là qu'elle avait son petit côté taré, elle aussi. Un truc à faire pâlir monsieur Simon. Car si je faisais mine d'être médium, ma tantine, elle, se vantait de l'être réellement.

Bien entendu, je n'y croyais pas du tout. Et la seule chose

qui m'avait empêchée pendant toutes ces années de lui balancer qu'elle était une grosse menteuse était le fait qu'elle semblait vraiment croire à ses mensonges.

Bref, elle était folle. Autant l'avouer.

Bizarrement, toute ma famille la soutenait. Sans doute, car, à côté de cela, elle était adorable et aidait tout le monde dès qu'elle le pouvait.

M'enfin, tout ça pour dire que, lors de ce Noël, elle avait lâché les montants des sommes que les gens étaient prêts à lui donner pour ses aptitudes paranormales.

J'avais frôlé la crise d'hystérie.

Premièrement, car c'étaient des sommes monumentales.

Deuxièmement, car elle refusait de se faire payer.

Il était évident que je devais redresser la barre et récupérer d'une manière ou d'une autre la thune qu'elle n'encaissait pas. Au moins, ça restait dans la famille. Je l'avais accompagnée durant quelques jours et avais accepté à son insu l'argent que ses « clients » souhaitaient lui offrir contre son « don ». Puis j'avais vrillé…

J'étais rentrée chez moi, toujours sans boulot, et j'avais compris que je n'allais pas pouvoir continuer ainsi.

Une semaine après, j'annonçais à ma famille que j'avais trouvé un poste dans une autre ville et que je devais déménager. Cela faisait donc un an qu'ils pensaient que je bossais dans un cabinet de psychologie.

J'étais une très, très vilaine fille.

Mais une vilaine fille qui n'habitait plus chez ses parents !

Néanmoins, hors de question que ceux que j'aimais l'apprennent. J'avais décidé de vivre de cette arnaque juste quelques mois de plus, le temps de réfléchir à une autre façon de m'en sortir.

Je cherchais encore… Ce n'était certainement pas sous ma couverture que j'allais trouver la solution, je devais l'avouer. Mais bon, pas de prise de tête pendant Noël ! Ce serait un sacrilège.

Malgré tout, mes pensées tournaient à mille à l'heure tandis que mon regard était posé sur l'écran. Ma migraine s'intensifia, et je tentai de la repousser au loin, en vain. Puis, finalement, au bout d'un long moment mes yeux papillonnèrent avant de se fermer pour de bon.

Ce fut de l'eau glacée qui me réveilla.

Les yeux grands ouverts, je cherchai en priorité le fils de chien qui avait osé me faire ça en plein mois de décembre.

Là, je tombai face à un homme en caleçon ligoté sur une chaise.

Attendez...

Quoi ?

Je n'étais plus sur mon canapé ni même dans ma salle de repos. Mais dans ce qui ressemblait à un entrepôt. Tout autour de nous se trouvaient d'immenses étagères recouvertes de cartons.

OK...

Je fermai de nouveau les paupières. Vraisemblablement, je n'étais pas bien réveillée. Petit bug dans la matrice, on redémarre, et ça devrait aller mieux.

Sauf qu'en ouvrant une nouvelle fois les yeux, je pus constater que l'inconnu à moitié à poil était toujours devant moi. Et, bien qu'il soit bâillonné, je pouvais deviner à son regard effrayé qu'il n'était pas là pour une partie de jambes en l'air un peu corsée.

— Alors, vous me croyez, maintenant ?

Je sursautai et tournai la tête vers la voix qui venait de retentir, puis avisai Simon avec une bouteille d'eau vide dans une main et une lampe torche dans l'autre. Un frisson remonta le long de mon échine. J'avais raison, ce mec était barge. Il y avait fort à parier qu'il était un tueur en série et que j'étais sa nouvelle victime.

— Qu'est-ce que vous me voulez ? demandai-je.

— Vous avez kidnappé le père Noël ! cria Simon.

Bon sang, j'étais vraiment dans de beaux draps.

CHAPITRE 4

Je regardai l'homme attaché sur sa chaise.

— Je ne veux pas juger, mais il n'est ni assez vieux ni assez enveloppé pour être le père Noël.

S'il devait inventer des bobards, qu'il le fasse bien, au moins. L'inconnu avait fait un peu trop d'UV, sa peau en était orange, ça n'avait aucun sens ! Qui voudrait d'un tel père Noël ?

— Vous lui avez arraché sa barbe avant de le déshabiller !

J'eus un rire nerveux. J'allais finir en morceaux et éparpillée dans un fleuve, je le sentais bien.

— N'importe quoi.

L'homme ligoté hochait pourtant la tête. Ah, il la jouait comme ça ? Pensait-il qu'il allait gagner des points face à son bourreau en se comportant ainsi ?

Je croisai les bras et regardai autour de moi, cherchant une façon de me sortir de ce pétrin rapidement. Ma magie pouvait m'aider, mais je n'étais pas la seule à en posséder. Rien ne m'indiquait que je pourrais avoir le dessus sur Simon. J'allais devoir agir avec intelligence et délicatesse.

— Nous sommes dans l'entrepôt d'un hypermarché, m'expliqua Simon.

— Et comment avez-vous fait pour m'amener ici ? demandai-je. Vous m'avez droguée ? Un sort de confusion collé sur votre carte ? Avouez, ça ne sert à rien de faire le malin.

Son air exaspéré me fit de nouveau regretter de ne pas avoir déjà tenté quelque chose pour sortir de là. Mais quand bien même je l'aurais fait, il était placé devant la porte.

— JE NE VOUS AI RIEN FAIT DU TOUT !

Je fis un pas en arrière.

— Et après, vous prétendez que vous n'êtes pas énervé...

Quelqu'un pouvait m'obliger à fermer ma bouche ? Un peu de scotch, peut-être ? Ou coupez-moi la langue, je ne sais pas !

J'inspirai profondément et tentai de reprendre mes esprits. C'était un cauchemar. Loin de mon cabinet où je m'étais endormie, accompagnée de mon client fou furieux et d'un homme qui n'était pas en possession de tous ses moyens.

Je m'avançai près de lui et lui ôtai son bâillon. Je reconnus mon écharpe. Pourquoi avait-il mon écharpe dans la bouche ?

— Qui êtes-vous ?

— Vous êtes une grande malade ! s'écria-t-il.

— Si c'est votre nom, vous devez en vouloir énormément à votre mère, lâchai-je.

Le stress m'avait toujours fait dire n'importe quoi, mais là, c'était le pompon.

Ses yeux s'écarquillèrent encore plus qu'ils ne l'étaient déjà, et je me demandai un instant s'ils ne pouvaient pas jaillir de leurs orbites.

Un nouveau frisson remonta mon dos. Cette fois, il était accompagné de tremblements. Mes cheveux dégoulinaient sur le sol dans un « ploc ploc » déconcertant.

— Il faut que je rentre chez moi, déclarai-je, fébrile.

Et surtout, surtout, je devais m'éloigner de ce Simon !

Il était évident qu'il n'allait pas me laisser faire, pourtant, je fis un pas en avant.

— Quelqu'un vous manipule, Valentine, lança Simon.

— Ça, je commence à m'en apercevoir.

C'était lui qui venait d'entrer dans ma vie pour y mettre le désordre en moins de temps qu'il n'en fallait pour dire « vive le vent ».

— Je vais m'en aller et vous laisser entre vous, prononçai-je.

Je me dirigeais vers la porte quand je glissai sur le sol et me retrouvai face contre terre. Là, mes yeux tombèrent sur une tenue de père Noël et un faux ventre reposant un peu plus loin.

Rien de tout cela n'avait de sens.

Être ici, déjà, n'avait rien de logique.

Je sentis la présence de Simon derrière moi. C'était le moment parfait pour me mettre un coup de hache dans le crâne ou une balle dans le dos. À moins que ce ne soit l'inverse ? Pas le temps d'y réfléchir.

Je basculai sur le ventre et envoyai valser Simon au loin avant de me relever.

— Détachez-moi ! entendis-je dire.

Peut-être qu'une autre femme aurait hésité. Moi, j'étais déjà en train de courir sur le parking désert. Mes bottines fourrées martelaient le pavé, mon souffle était court, et je n'avais qu'une seule chose en tête, détaler d'ici en vitesse !

Une observation rapide des alentours me fit comprendre où je me trouvais : dans un village limitrophe à celui où je vivais. Super, cela allait me prendre plus d'une heure pour rentrer chez moi à pied ! Et quand bien même je décidais de passer autant de temps dehors avec des températures glaciales en étant trempée jusqu'aux os, j'étais tout sauf certaine que c'était une bonne idée. Et si Simon me retrouvait ?

Je fouillai les poches de mon pantalon, je n'avais pas mon téléphone. Je ne pouvais même pas appeler un taxi... Qu'est-ce que j'allais faire ?

— Valentine !

Mon sang se figea. Non. Non, non, non !

Je sautai derrière le premier buisson venu et tentai de me faire aussi minuscule et silencieuse que possible.

Simon hurla mon nom une seconde fois. Mon cœur battait tellement fort que je craignais qu'il l'entende.

— Je ne vous veux pas de mal !

Sa voix s'était approchée. Elle n'avait rien de sournoise,

mais je n'allais pas lui faire confiance pour autant. Après tout, il m'avait traînée jusqu'ici !

— Je désire juste vous aider, Valentine.

M'aider à quoi ? À perdre dix ans de ma vie à cause du stress ? Ou quelques kilos à force de courir pour qu'il ne me tue pas ? Franchement, pourquoi ça m'arrivait à moi ? Encore mieux, pourquoi ça m'arrivait alors que Noël approchait ? Trouvait-il que c'était un beau cadeau à offrir à ma famille ? Une petite cérémonie funéraire entre la dinde et la bûche ?

— Si je vous avais voulu du mal, je l'aurais fait depuis longtemps, finit-il par dire.

J'entendis un soupir, puis quelque chose qui tombait par terre.

— Je laisse vos clés ici. Sachez que votre voiture est garée un peu plus loin sur la gauche. Je retourne détacher le père Noël. Faites attention à vous et n'oubliez pas que vous avez mon numéro.

Je perçus le bruit de ses pas dans le silence de la nuit. Était-ce un piège ? M'inciter à croire que la situation s'arrangeait pour mieux me tomber dessus ensuite ?

Lentement, je levai la tête et le cherchai du regard. Sa silhouette se dessinait sous la lumière des réverbères. Il était bel et bien en train de retourner vers l'entrepôt.

J'attendis qu'il y entre et me relevai. J'utilisai ma magie pour faire venir les clés jusqu'à ma main, puis, sans réfléchir plus longtemps, je partis en direction de ma voiture.

Et s'il avait posé une bombe à l'intérieur ?

Valentine, tu regardes trop la télévision ! A-t-on déjà entendu aux informations qu'un véhicule avait explosé dans un petit village tranquille ? Non.

Et s'il disait la vérité ? Si vraiment il ne me voulait pas de mal ?

Je croisai mes bras sur ma poitrine. Tu parles ! Il était dingo ! Je devais fuir ce mec comme la peste et prévenir quelqu'un de ce qu'il tramait ! Qui sait ce qu'il allait faire à ce pauvre bonhomme attaché sur sa chaise !

J'inspirai profondément. J'étais totalement perdue.

Je voulais rentrer chez moi, fermer à triple tour, poser autant de sorts de sécurité magique que possible et oublier toute cette histoire.

À quelques mètres de là, je finis par distinguer ma voiture. Il n'avait donc pas menti sur ça. Ce fut presque en courant que je m'y dirigeai. J'y pénétrai ensuite à toute vitesse et intimai à ma magie de créer une bulle de protection à l'intérieur. Puis je tournai la clé pour démarrer le moteur, et mes yeux se posèrent sur le porte-clés lutin qui ornait mon trousseau.

— Bordel, il sort d'où, lui ?

Calme-toi, Valentine, m'enjoignis-je mentalement. Ne t'en prends pas à un petit lutin innocent. Tout cela est la faute de Simon.

Les mains tremblantes, je m'engageai sur la route jusqu'à chez moi. J'avais besoin de vérifier que personne ne me suivait. Mon regard se risqua alors sur mon rétroviseur, et je hurlai avant de pousser mon pied contre le frein et de piler.

Le cœur au bord des lèvres, je me retournai pour confirmer si j'avais bien vu une tête portant un chapeau dépasser de mon coffre. C'était bien le cas. Une rage meurtrière prit place en moi. Ça suffisait ! Il fallait arrêter de jouer avec mon palpitant ! Je n'étais pas faible, et celui qui s'était caché dans ma voiture allait l'apprendre à ses dépens !

Je balançai toute ma magie vers l'intrus. Je n'entendis aucun hurlement, pas même un gémissement, mais un drôle de « pfffff » sans fin.

Je ne laissai pas la peur prendre le dessus, sortis de mon véhicule et ouvris la porte de mon coffre, prête à en découdre.

Là, je découvris le cadavre d'un bonhomme de neige.

CHAPITRE 5

J'avais décidé de faire comme si tout ce qui s'était passé était normal.

Du moins jusqu'à ce que je sois en terrain connu.

Après avoir contemplé quelques longues secondes le bonhomme de neige gonflable en train de se vider de son air dans mon coffre, j'avais repris la route de chez moi. Une fois sur le pas de ma porte, j'avais senti mes émotions revenir au triple galop et avais fait de mon mieux pour ne pas hurler comme une hystérique dans les couloirs de mon immeuble. Pas que ça m'aurait apporté beaucoup de problèmes à cet étage, attention. Après tout, le jeune à ma droite rentrait bourré tous les vendredis soir et se trompait régulièrement d'appart. Au départ, je l'avais aidé à retourner chez lui, maintenant, je le laissais galérer avec ma serrure. La plupart du temps, il finissait par comprendre que ce n'était pas la bonne porte. Une fois ou deux, il avait dormi dehors. Faut croire que ça ne l'avait pas traumatisé, vu qu'il recommençait.

À l'étage vivait également Lionel, un vieil homme tellement sourd que le Carnaval de Rio aurait pu passer dans la ruelle en bas qu'il ne se serait rendu compte de rien.

Il y avait aussi un jeune couple avec un bébé en bas âge qui parvenait à se réveiller quand un mec éternuait au bout de la rue. Le dernier appartement, quant à lui, n'était rien d'autre qu'un Airbnb appartenant à une professeure de mathématiques et se trouvait juste au-dessus de ma tête. Autant vous dire que j'entendais tout ce qui s'y passait et que j'avais découvert que la plupart des gens avaient une vie bien plus trépidante que la mienne.

J'entrai chez moi et intimai à ma magie de fermer la porte

à clé. Puis j'abandonnai mes chaussures et pendis ma veste au porte-manteau. Là, mes yeux se posèrent sur mon pull.

— Nom d'un…

Un renne au nez rouge se trouvait au beau milieu de ma poitrine. Et les bouts de mes seins clignotaient en bleu grâce à la guirlande de Noël qu'il possédait sur la tête.

Je retirai le pull comme s'il était recouvert de poil à gratter et le jetai sur le sol pour me retrouver en tee-shirt. C'en était trop !

Me kidnapper, me raconter que j'avais fait du mal au père Noël, et maintenant ça ! Ce mec était vraiment dingue ! Comment diable avait-il pu me manipuler ainsi ? Était-il très puissant, ou bien avait-il utilisé de la drogue ou je ne savais quoi pour m'affaiblir ? Je ne voyais pas d'autre solution.

Grimaçante, je filai sous la douche. J'avais l'impression d'être sale, je voulais effacer les souvenirs de cette rencontre et tout ce qui s'était déroulé depuis.

Une fois sous l'eau chaude, je commençai à me demander ce que j'allais faire. N'importe qui aurait contacté les défenseurs. La police magique était la mieux placée pour s'occuper du cas de Simon. Malheureusement, faire appel à eux était aussi un très gros risque pour moi. S'ils apprenaient ce que je faisais, je risquais la taule.

Je poussai un petit cri de rage. Pourquoi ça tombait sur moi ? Hein ? Était-ce ce que les lambdas nommaient « karma » ?

Une fois vêtue de mon pyjama, j'allai m'installer dans mon salon. Mon oreiller était posé sur le canapé et la télévision était en veille.

J'aurais pu dormir dans ma chambre, mais cela faisait déjà quelques jours que je n'y parvenais plus. Je me sentais plus à l'aise ici. Je n'aurais su dire pourquoi. Peut-être parce que j'avais seulement quelques pas à faire pour me rendre dans ma cuisine ouverte et me servir en petits gâteaux, ou bien parce que la chaude lumière de mes lampes était plus agréable que le néon qui surplombait mon lit. La présence de la télévision aidait sans doute aussi beaucoup, il fallait l'avouer.

Je posai mes fesses sur mon sofa et soupirai. Je ne me sentais toujours pas détendue. Même ici, chez moi, au beau milieu de mes affaires, j'avais l'impression d'être épiée. À tout instant, Simon pouvait apparaître et me menacer avec un sucre d'orge, qu'en savais-je ?

N'empêche, elle était bien loin, l'ambiance festive de Noël !

J'attrapai mon ordinateur sur ma table basse, mon téléphone étant toujours introuvable, puis je cherchai s'il existait un *serial killer* sévissant dans le coin durant la période des fêtes. En dehors de quelques faits divers assez amusants, je ne découvris rien de tel.

— Il fallait que je sois la première victime, bien évidemment !

Quoique, la première était plutôt l'homme en caleçon dans l'entrepôt. Qui pouvait dire s'il était encore en vie ?

Je secouai la tête.

Non, quelque chose clochait. Que Simon soit fou était une chose, mais il m'avait réellement laissée partir alors qu'il aurait pu m'en empêcher. Était-ce pour jouer avec moi ? Ce serait prendre de bien grands risques...

Je devais en avoir le cœur net et retourner à l'entrepôt dès demain. Mais cette fois, je n'irais pas seule.

Le café en face de mon appartement était sans doute mon endroit préféré sur terre. L'odeur qui imprégnait les murs était une douce invitation à se goinfrer de petits sablés et de boissons chaudes et gourmandes. Le plus ? La bibliothèque dans le fond et les fauteuils confortables qui avaient remplacé les chaises trop dures.

Quand j'entrai, la gérante, Cathy, m'offrit un magnifique sourire. Jamais je n'avais vu cette femme de mauvaise humeur.

— Ma cliente préférée !

Il fallait dire que je dépensais sans doute plus ici que dans n'importe quel autre commerce.

Cathy vint me claquer la bise. Je manquai de me prendre une de ses longues tresses brunes dans le visage quand elle se retourna pour lancer :

— Tom, un brownie et un chocolat chaud avec chantilly !

Puis elle me regarda à nouveau et haussa un sourcil.

— Double dose, la chantilly !

Cette femme était une déesse.

— Qu'est-ce qui t'arrive, ma beauté ?

Elle passa une main dans mon dos et m'accompagna jusqu'à ma place attitrée, juste à côté d'une plante verte.

— Je suis tombée sur un client un peu... spécial !

Cathy n'était pas une sorcière, mais une lambda. Et même si je l'appréciais vraiment, je savais que je ne pouvais pas lui dire toute la vérité, elle était incapable de l'accepter. Il allait me falloir édulcorer la situation.

Assise en face de moi, elle se pencha sur la table, me laissant contempler la beauté de sa peau sombre et de ses iris chocolat.

— Comment ça, spécial ?

Que pouvais-je lui dire ? Qu'il me harcelait ? Qu'il avait tenté de me faire du mal ? Que j'avais vu le père Noël à moitié à poil ?

— Je pense qu'il a une araignée au plafond, finis-je par dire.

Le rire de la gérante résonna entre les murs. Les quelques clients qui déjeunaient dans le café ne purent s'empêcher de tourner leur attention vers nous.

— À ce point ? me demanda-t-elle, amusée.

— Je t'assure, confirmai-je. En fait, il me fait même un petit peu peur.

Cette fois, toute trace de gaieté reflua de son doux visage.

Je sentis qu'elle allait m'interroger, mais heureusement, Tom fit son apparition à ce moment-là.

— Brownie et chocolat chaud avec double dose de chantilly ! clama-t-il.

Je remerciai Tom d'un sourire sincère. Sous son côté un peu rustre, il était en réalité un gros nounours ! Avec ses quelques kilos en trop, sa barbe épaisse et sa tendance à porter des chemises à carreaux, Tom avait tout d'un bûcheron. Et pourtant, c'était un véritable petit cuistot qui se cachait derrière ses yeux verts.

— Merci, Tom !

Je sautai sur ma sucrerie sous le regard impatient de Cathy. Je savais qu'elle allait me couvrir de questions dès que nous serions seules. Mais la porte s'ouvrit de nouveau et le devoir l'appela.

— Tu dois tout me raconter ! m'assena-t-elle en me montrant du doigt comme si je risquais de filer sans lui donner satisfaction.

Ce que je ferais si j'en avais la possibilité, bien entendu.

— Je le ferai. Dis, Cathy, est-ce que je peux t'emprunter Roxie pendant quelques heures ?

Son front se plissa.

Il ne me manquait que son autorisation pour mettre mon plan à exécution.

CHAPITRE 6

La laisse à la main, j'avançais vers la vérité avec toute ma volonté. Et aussi un halètement très répétitif.

Roxie, berger allemand de son état, saurait refroidir ceux qui me voulaient du mal. La magie agissait différemment sur les animaux. Ils ne se laissaient pas embrouiller comme les lambdas. Raison pour laquelle j'escomptais qu'elle puisse croquer les miches du premier venu qui me poserait problème, sorcier ou non.

Bien entendu, je n'avais pas seulement Roxie avec moi, j'avais aussi dans la poche de ma veste une bombe au poivre et un canif. Avec tout cela, en plus de ma magie, j'avais bon espoir de faire mouche.

La porte de l'entrepôt était fermée, mais pas à clé. Je pus l'ouvrir et aviser l'intérieur totalement illuminé. Ah, bah, tiens, ainsi, ça ne rendait pas la même chose qu'en pleine nuit, à moitié dans le noir avec homme saucissonné et tout le toutim.

— Je peux vous aider, madame ?

L'inconnu qui venait de poser la question me regardait avec étonnement. Il devait se demander ce que faisait une femme avec son chien en ces lieux. Et encore plus pourquoi ledit chien était en train de lui grogner dessus.

— Calme-toi, Roxie !

Roxie grognait tout le temps. C'était sa façon d'être. Elle grognait quand elle avait faim, quand elle avait envie de jouer, quand elle était contente ou quand elle faisait la tête. Actuellement, j'étais plutôt certaine qu'elle voulait manger le sandwich qui dépassait de la poche du pantalon de l'homme en face de nous.

— Je cherche le faux père Noël qui fait trop d'UV.

D'accord, je n'avais pas son nom, mais c'était tout de même assez précis comme description, non ?

— Vous êtes dans un entrepôt, ici, me rappela-t-il.

Comme si je ne le savais pas !

— Très bien. Est-ce que monsieur Simon est dans le coin ?

Cette fois, son regard chercha de l'aide autour de lui. Super, voilà que c'était moi qu'on prenait pour une dingue !

— Laissez tomber ! Avez-vous des caméras de surveillance ? J'aurais besoin de jeter un œil à celle de cette nuit, je me suis fait agresser !

Roxie grogna à nouveau.

— Par votre chien ? demanda-t-il.

Si ce type continuait comme ça, j'allais autoriser Roxie à lui bouffer la jambe sans aucun scrupule.

— Non, pas par mon chien. Et puis, elle n'est pas à moi.

— Vous vous trimballez donc avec un cabot qui n'est pas à vous pour chercher un faux père Noël ?

Cette fois, il croisa les bras sur sa poitrine et attendit ma réponse, curieux.

Je dus inspirer profondément pour garder mon calme.

— Oubliez cela. Alors, les caméras ? insistai-je.

— Vous êtes de la police ?

Voilà qu'il sortait les grands mots !

— Non, mais je peux les appeler si vous voulez. Je leur dirai à quel point cet endroit est mal sécurisé !

Il haussa les épaules, las.

— Je ne suis qu'un employé, vous pouvez faire ce qui vous chante, je m'en fiche. Mais je vais nous faire gagner du temps à tous les deux. Il y a eu une coupure électrique en début de nuit, les caméras n'ont pas redémarré, vous n'aurez donc rien à voir. Maintenant, si vous le voulez bien, il y en a qui bossent !

Il me laissa sur ces quelques paroles agréables et partit sans un regard en arrière.

« Y en a qui bossent ». Que croyait-il que je faisais, là, exactement ? Que je passais du bon temps ? Non, je cherchais à comprendre ce qui s'était déroulé cette nuit. Je devais être sûre de pouvoir retourner dans mon cabinet sans prendre le risque de me réveiller quelques heures plus tard je ne savais où !

— Viens, Roxie, on s'en va !

Cette visite était un coup d'épée dans l'eau. Je n'avais rien appris de plus en dehors du fait que le faux père Noël n'avait pas dû mourir ici. Ou du moins, il n'y avait aucune trace de son assassinat... Cette histoire allait-elle s'arrêter là ?

Ce fut déçue et sur les nerfs que je retournai au café. Dès que j'ouvris la porte, Roxie se mit à grogner en se frottant aux jambes de sa maîtresse.

Ouais, cette chienne était vraiment étrange, tout de même.

— Valentine ! Viens, il faut que je te présente quelqu'un !

Un nouveau cuisinier ? Un futur amoureux potentiel ? Un ami de longue date ?

Je m'avançai, curieuse, observant le dos de l'inconnu aux cheveux bruns. C'était le moment d'oublier tout ce qui s'était déroulé ces dernières vingt-quatre heures et d'afficher mon plus beau sourire.

Un sourire qui se flétrit bien vite en voyant l'homme qui riait élégamment devant Cathy.

— Vous !

Monsieur Simon sembla surpris. Ou alors, il était très bon acteur. Toujours est-il qu'il se contenta de m'offrir une moue ennuyée.

— Bonjour, Valentine.

Pourquoi mon prénom dans sa bouche était-il si beau à entendre ? Les assassins ne devraient pas avoir le droit de posséder une voix aussi sexy.

— Vous vous connaissez ! s'exclama Cathy.

Son regard sur moi voulait dire « petite cachottière ». Si elle savait.

— Il semblerait que nos chemins ne cessent de se croiser. Encore et encore, insistai-je en lançant une œillade noire à Simon.

— Vous savez ce qu'on dit, chantonna Cathy, le destin !

Le destin, mon cul, oui ! Il me suivait partout, c'est tout !

— Qu'est-ce que vous faites ici ? crachai-je.

— Simon nous confectionne un nouveau bar en bois massif ! Cela fait quelques semaines que nous l'avons commandé, il venait prendre une dernière fois les mesures pour voir si tout était bon.

Plusieurs semaines ? Donc il rôdait devant chez moi depuis tant de temps que ça ?

— Juste en face de mon appartement. Si ce n'est pas une coïncidence merveilleuse, ironisai-je.

Cathy était trop excitée pour se rendre compte que je n'étais pas si heureuse que ça de faire la « connaissance » de son nouveau décorateur d'intérieur. Mais elle finit tout de même par me lancer :

— Alors, Roxie a pu t'aider à faire peur à ton client qui a une araignée au plafond ?

Les sourcils de Simon se haussèrent et il attendit ma réponse avec curiosité.

— Non. Mais j'ai comme le pressentiment que je ne vais pas tarder à revoir le bout de sa toile !

Elle secoua la tête.

— Un coup de pied dans les grelots, y a que ça qui fonctionne.

Simon fit un pas en arrière. Un sourire vicieux s'afficha sur mes traits.

— Quelle bonne idée !

— Et si nous prenions un café, Valentine ? lâcha-t-il soudain. C'est moi qui invite.

Et puis quoi, encore ? Non, mais il rêvait les yeux ouverts, celui-là !

— Absolument p...

Cathy me poussa sur un fauteuil, ne me laissant pas le temps de finir ma phrase.

— Allez donc vous asseoir ! Je me charge de tout !

Ma bouche s'ouvrit pour lui dire que ce n'était pas la peine, mais elle était déjà partie.

Trahie par sa propre barista préférée. Où allait le monde ?

— Je pense que nous devons discuter. Les choses ont très mal démarré entre nous.

Je plongeai mes yeux dans le regard bleu de l'homme en face de moi. Tentant de ne pas me laisser charmer par son visage d'ange alors que je savais qu'il était loin d'en être un.

— Vous avez de la chance que je n'ai pas contacté les défenseurs ! Mais croyez-moi, il n'est pas trop tard pour le faire ! m'exclamai-je.

Il soupira.

— Allez-y. Mais vous comprendrez bien vite que je ne dis pas que des âneries et que vous êtes celle de nous deux qui a le plus de problèmes.

Je décidai de ne rien répondre. À quoi cela aurait-il servi ? J'avais bien saisi qu'il ne lâcherait pas l'affaire.

— Je me demande comment on en est arrivés là, soupira-t-il.

— Avec vous dans mon cabinet en train de prétendre que je volais des sucres d'orge.

Des bijoux, à la limite. Mais des sucres d'orge...

— Je sais que ma photo n'était pas assez nette, mais je peux vous assurer que c'est vous. Le gérant du magasin est un ami et dès qu'il m'a parlé du vol de sucres d'orge, j'ai compris que la situation allait se compliquer.

Mais oui, et la marmotte, elle met le chocolat dans le papier alu... On la connaît, l'histoire !

— Ne vous êtes-vous pas rendu compte que vous avez des absences ? me demanda-t-il. Que vos nuits ne sont plus les mêmes ? Que vous êtes fatiguée ? Un certain mal de crâne ?

— C'est vous qui me donnez mal à la tête !

Comment faire pour qu'il disparaisse de ma vie ? J'étais assez persuadée qu'un coup de pied dans les grelots ne suffirait pas.

— Et le faux père Noël, vous en avez fait quoi ? voulus-je savoir.

— Je lui ai raconté qu'il vous avait draguée, que vous n'avez pas apprécié et que vous vous étiez vengée en l'attachant sur une chaise. La magie a fait le reste, il y a cru et il est rentré chez lui.

— J'imagine que vous n'allez pas me donner son adresse pour vérifier.

Son regard blessé me serra la poitrine.

Il réussissait presque à me mettre le doute sur ses intentions.

Je l'avisai attraper un papier et un stylo dans sa poche. Il y griffonna quelques lignes et me le tendit.

— Voilà. Peut-être qu'ainsi, vous arrêterez de me prendre pour l'homme que je ne suis pas !

Il se leva tandis que Cathy arrivait avec nos consommations.

— Vous partez déjà ? demanda-t-elle, déçue.

— Oui, je suis désolé, j'ai une urgence.

Simon lui tendit un billet et lui offrit un sourire que j'étais presque jalouse de ne pas avoir eu.

— On se revoit mardi.

Sans un regard pour moi, il s'en alla.

Les yeux de Cathy me foudroyèrent alors sur place.

— Qu'est-ce que t'as fait, encore ?

Je soupirai et lui pris les deux assiettes de tarte aux pommes des mains. Au moins, il y en aurait plus pour moi !

CHAPITRE 7

J'étais perturbée.

J'avais passé la journée à faire les cent pas dans mon appartement en me demandant si je ne loupais pas quelque chose.

Cathy m'avait fait une publicité indécente sur ce Simon. Il était le fils talentueux d'un couple respectable, gentil comme un cœur et beau comme un camion. Vraisemblablement, il n'avait rien d'un tueur en série ni d'un harceleur.

Alors, pourquoi ?

Une partie de moi regrettait la manière dont il était parti. J'aurais voulu qu'il m'en dise plus. À la place, il m'avait laissée me goinfrer de deux tartes et de chocolat chaud. Je n'allais jamais rentrer dans la robe prévue pour le soir du réveillon.

Et mon mal de crâne ? Comment pouvait-il savoir que j'avais mal à la tête en ce moment ? Était-ce un coup de chance ?

Pour me remettre de mes émotions, j'avais commandé une pizza et lancé un film à l'eau de rose. Pourquoi n'était-ce pas mon futur mari qui avait sonné à la porte de mon cabinet la veille, hein ? Pourquoi les bonnes choses n'arrivaient-elles que dans les fictions ?

Finalement, je m'étais endormie devant la télévision en plein après-midi. Ce n'était pas un drame, mais ce que je vis en me réveillant le fut beaucoup plus.

— Bordel de…

J'en perdais mon latin.

Une multitude de sapins emballés avait élu domicile dans mon salon. Il y en avait de toutes les tailles. Certains étaient plus petits que moi, d'autres touchaient le plafond. Comment diable étaient-ils arrivés ici ?

Je me levai et me pinçai le bras pour être sûre que tout cela était vrai.

Malheureusement, ça l'était.

D'un pas rapide, j'allai jusqu'à ma porte. Elle était verrouillée de l'intérieur. Mes chaussures, cependant, étaient recouvertes de terre, et des aiguilles de sapin étaient accrochées à mon écharpe.

Je fermai les yeux.

Je devenais folle.

Et si Simon avait raison ? Si j'étais celle qui avait des problèmes ? Peut-être que je virais dingue ? Comment expliquer cela autrement ?

Je me dirigeai vers la salle de bain, il fallait que je réfléchisse, et rien de mieux qu'une douche pour cela.

Mais en ouvrant la porte, la première chose à laquelle je fis face fut un sapin tellement énorme qu'il bloquait l'accès à mon miroir.

Je ne pus contenir un hurlement. Mes nerfs partaient en vrille.

À l'étage, quelqu'un tapa du pied.

Je regardai le plafond avec tellement de fureur que si j'avais été Clark Kent, les locataires du dessus ne seraient plus que de la bouillie pour Roxie.

Je tentai de me calmer en respirant profondément. Je ne devais pas me laisser submerger par mes émotions, cela n'allait pas m'aider à comprendre ce qui se déroulait dans ma vie.

Était-ce ma magie qui partait en cacahuète ?

J'avais entendu dire que cela pouvait arriver. Est-ce qu'à force de mentir sur mes capacités de médium, mes propres pouvoirs se rebellaient ?

Je devais en parler à une personne extérieure. J'avais besoin de sortir tout ce que j'avais sur le cœur et d'entendre de la bouche de quelqu'un que je n'étais pas folle.

Forte de mes nouvelles résolutions, je gagnai mon entrée et enfilai mes chaussures, ma veste et mon écharpe. Je devais me rendre à mon cabinet. Tant pis si j'y rencontrais Simon, de toute manière, j'en étais presque à me dire que je devais l'écouter. Si ce n'était pas la preuve que je perdais la boule, je ne savais pas ce que c'était !

Je claquai la porte de mon appartement et sortis affronter l'air froid de décembre.

Le soleil était en train de se coucher, les lumières de la ville éclairaient les rues et se reflétaient dans les flaques d'eau. Il avait plu. Aurions-nous droit à la neige, cette année ? Comme beaucoup, j'en rêvais. Les flocons cotonneux tombant du ciel ranimaient mon âme de gosse. Les jours de neige, tout était différent. Les gens semblaient moins se soucier de leurs problèmes et profitaient du moment présent. Adultes et enfants riaient à gorge déployée en descendant des pentes en luges ou en confectionnant des bonshommes de neige. Aux fenêtres, les plus anciens qui préféraient rester dans leur chaumière confortable regardaient le spectacle avec ravissement. La neige était magique à sa façon.

Je longeai la ruelle et traversai le centre-ville. J'en profitai pour admirer les vitrines et leurs décorations hivernales. Dix minutes plus tard, j'arrivai devant mon cabinet. J'attrapai ma clé puis ouvris la porte sans la refermer derrière moi. Oui, bon, finalement je n'étais pas totalement rassurée non plus, il fallait croire. Pour une fois, je préférais faire entrer le froid entre ces quatre murs pour augmenter mes chances que quelqu'un m'entende si je poussais mon dernier cri.

Je me rendis dans ma salle de repos. Les choses étaient telles que je les avais laissées. Enfin, telles qu'elles étaient avant mon réveil dans cet entrepôt. Je cherchai mon téléphone que je trouvai enfoui dans la couverture, sur le canapé.

J'avais reçu un message de ma mère qui demandait de mes nouvelles. Je grimaçai. Il était hors de question que je lui dise la vérité. Je supprimai la notification. Je m'occuperais de mes parents plus tard, pour l'instant, j'avais besoin de quelqu'un d'autre.

Je fouillai dans mes contacts et, le cœur battant, appuyai sur « appeler ».

La tonalité retentit dans mon oreille. Bon sang, à quoi en étais-je réduite ?

— Je savais que c'était toi !

Je soupirai. Décidément, ça partait mal.

— Car c'était inscrit sur ton écran, pas vrai, Tantine ?

Un rire éclata à l'autre bout du fil.

— Qui sait ? s'amusa-t-elle.

Moi ? J'envoyai valser ma réplique au loin. Nous n'avions pas le temps pour ça.

— Madette, j'ai un problème...

Je lui expliquai la situation, en omettant tout de même de dire que je possédais un cabinet de médium. J'étais incapable de deviner comment elle réagirait à cette annonce. Plusieurs fois, elle avait lâché des expressions surprises. Puis elle avait fini par me poser de nombreuses questions sur la manière dont je me sentais en ce moment.

— Donc tu as des pertes de connaissance, comprit-elle.

— Je ne sais pas. Il semble se passer des choses autour de moi pendant que je dors.

— Ou bien tu crois dormir, mais en réalité, cela n'a rien à voir ! prononça-t-elle.

Oula, la conversation allait prendre un nouveau tournant. Sa voix était partie dans les aigus comme quand elle nous parlait des extraterrestres.

— C'est-à-dire ? lançai-je.

— Je pense que tu as hérité du don de projection astrale, Valentine ! Dans notre famille, une personne de chaque génération se voit offrir cette capacité ! Tu imagines la chance que tu as ?

Je m'assis sur mon canapé. Mais qu'est-ce qu'elle racontait encore, celle-là ?

— La projection astrale ? Madette, je te dis que mon appartement est envahi de sapins de Noël, quel est le rapport ?

Et puis c'était quoi, cette histoire de génération ? Je serais au courant si on avait quelque chose du genre dans la famille, tout de même !

— Tous tes symptômes me font penser à la projection astrale. Ton esprit sort de ton corps, et cela modifie ton sommeil, ton énergie et te donne mal à la tête. Du moins, les premiers temps. Avec du contrôle, tu finiras par moins ressentir les effets.

— D'accord. Imaginons que tu aies raison, c'est mon esprit qui aurait ramené tous les sapins avec l'aide de la magie ?

Son silence ne me dit rien qui vaille.

— Non, cela me paraît peu probable. De plus, tu t'es réveillée dans cet entrepôt en présence de ton corps, donc...

— Donc quoi ?

Depuis quand tante Madette savait-elle jouer avec le suspense ainsi ?

— Donc j'ai tendance à croire que cet homme a raison et que tu es manipulée. Quelqu'un doit utiliser ton corps quand ton esprit n'est plus à l'intérieur.

Était-ce une blague ? Non, vraiment, ça y ressemblait très fort.

— À quel point me racontes-tu des cracs, Tantine ?

Je l'aimais beaucoup, hein, et j'avais presque pris l'habitude d'être amusée par toutes ses bêtises, mais là...

— Tu sais, Valentine, peut-être ne suis-je pas aussi folle que tu le penses... Rappelle-moi quand tu y auras réfléchi.

Elle m'envoya un bisou sonore à travers le téléphone et raccrocha, me laissant pantoise.

Je regardai mon smartphone comme s'il m'avait fait une mauvaise blague, ce qui était en quelque sorte le cas, puis je le balançai sur le canapé.

— Projection astrale, n'importe quoi, marmonnai-je.

Ils se passaient tous le mot pour me faire tourner en bourrique, je ne voyais pas d'autre explication.

Je soupirai. Qu'est-ce que j'étais censée penser de tout ça, hein ? Mon mal de crâne pulsa sous mon front, je fermai les yeux et gémis.

— Ça suffit, ce n'est pas le moment ! m'agaçai-je.

Et si Madette avait raison ? Si mon esprit partait en voyage lors de mes siestes et que quelqu'un utilisait mon corps pour faire n'importe quoi ?

Mais qui ferait ça ? La femme que cherchait Simon ? Et qui était-elle ?

Je récupérai mon téléphone, me levai et me rendis dans la pièce d'à côté. J'avais toujours sa carte ! Il était encore temps d'élucider cette histoire.

Des étoiles commencèrent à apparaître devant mes yeux, je me retins de justesse à un meuble avant de m'accroupir au sol.

Qu'est-ce qui m'arrivait ?

Je tentai de me focaliser sur la poubelle et avançai en rampant jusqu'à elle. Je la renversai et récupérai la carte.

Un nouveau gémissement franchit la barrière de mes lèvres tandis que je m'efforçais de lire les chiffres sur celle-ci. Ma vue devenait floue et il me fallut un temps effroyablement long pour composer le numéro.

Quand la voix de Simon résonna enfin à mes oreilles, je perdis connaissance.

CHAPITRE 8

J'ouvris les yeux avec le souffle court.

Tout était noir et j'avais l'impression d'étouffer.

Une odeur âcre me titillait le nez. Je tentai de bouger, mais je compris très vite que cela m'était impossible. L'angoisse envahit mon corps, je poussai avec mes bras vers l'avant, mais j'étais coincée contre une paroi froide et gluante. Mes pieds, quant à eux, pendaient dans le vide.

Qu'est-ce que c'était encore que cette histoire ?

— Valentine ?

Devais-je me sentir étonnée d'entendre cette voix alors que j'étais une nouvelle fois dans une situation incommodante ? Sûrement pas ! Est-ce que cela me faisait plaisir ? Je n'étais pas certaine non plus !

— Valentine, vous m'entendez ?

— Bien sûr que je vous entends, je ne suis pas sourde !

Juste… prise au piège.

— Il fait tout noir, où est-ce que je suis ? m'enquis-je.

— Levez la tête !

Sa voix résonnait autour de moi.

Je tentai d'obéir et faillis me déboîter les cervicales. Pas très loin au-dessus de mon crâne, une vive lumière m'éclatait les yeux.

Bon, c'était toujours mieux que l'obscurité totale.

— J'ai besoin d'explications, avouai-je.

Oui, encore ce matin, je pensais que cet homme était un fou doublé d'un assassin. Néanmoins, mon état d'esprit avait changé. Sans doute était-ce dû au fait que je m'étais évanouie dans mon cabinet pour me réveiller entre quatre planches.

— Je suis dans un cercueil, c'est ça ? lançai-je.

C'était la première chose qui m'était venue en tête. Je ne savais pas ce que ça racontait sur mon mental, mais sûrement pas que du bon.

— Non, rien d'aussi dramatique. Vous êtes juste coincée dans une cheminée.

Vous êtes juste... Quoi ?

— Vous vous foutez de moi ? hurlai-je.

— Chuuuuuut !

— Comment ça, chut ? Vous croyez que je vais déranger qui ? Le père Noël ?

J'en venais presque à me demander si celui-ci n'existait pas pour de vrai et s'il n'était pas un peu en train de se payer ma tronche !

— Vous êtes chez des gens, qu'imaginez-vous qu'il va se passer s'ils prennent conscience que vous avez essayé d'entrer par effraction ? déclara-t-il à voix basse.

— Je n'ai pas voulu entrer chez eux par effraction, murmurai-je, tellement agacée que ma gorge se serra.

— Et vous allez expliquer ça comment ?

Je détestais qu'il ait raison. Je n'aimais pas ça du tout.

Sur les nerfs, je tentai de libérer ma magie pour qu'elle m'aide à sortir de cette cheminée, mais celle-ci était aux abonnés absents.

— Je n'arrive pas à utiliser ma magie ! m'affolai-je.

— Sans doute parce que vous avez peur. Vous savez que nos émotions jouent sur nos pouvoirs.

Oui, m'enfin à ce niveau-là, l'instinct de survie aurait dû juste prendre le dessus, non ?

— Ou alors, vous n'avez plus d'énergie à cause...

— Vous ne voulez pas me sortir de là au lieu de discuter ? le coupai-je.

Franchement, ce n'était ni l'endroit ni le moment.

— Très sincèrement ? Vu la façon dont vous m'avez traité, j'hésite.

Elle avait dit quoi déjà, Cathy ? Qu'il était gentil comme un cœur ? Tu parles, il méritait un bon vieux coup dans les valseuses, oui !

— Si ce n'est pas pour m'aider qu'est-ce que vous faites là ?

— Vous m'avez appelé.

Ah, ça me revenait. Mais cela ne m'expliquait pas pour autant pourquoi nous étions tous les deux ici.

— Je vais faire en sorte de vous remonter, fit-il. De votre côté, essayez de vous faire toute fine.

— Car je ne le suis pas ? Je vous ferais remarquer que c'est vous qui m'avez laissée manger deux tartes !

Quel malotru !

Il ne répondit rien, mais sa magie m'approcha.

C'était l'instant fatidique. Si le mec était réellement mauvais, il pourrait facilement me donner le coup de grâce. Un petit feu et on pourrait m'appeler Jeanne d'Arc.

Heureusement pour moi, sa magie m'entoura comme un filet et je la sentis forcer pour me remonter.

Super, j'avais vraiment l'impression d'être un trente-trois tonnes qu'on sortait de la Seine. Il allait falloir que je fasse un régime. Quelle journée de merde !

Tout à coup, mon ascension s'arrêta.

— Qu'est-ce qui se passe ? m'inquiétai-je.

— Je glisse.

Je fronçai les sourcils.

— Vous n'avez pas autre chose à faire ?

Son soupir exaspéré me parvint sans mal.

— Je vous rappelle que je suis juché sur un toit et qu'avec le froid qu'il fait, le givre rend les lieux bien dangereux. Je fais de mon mieux pour ne pas tomber d'ici et me briser la nuque.

Le gars ne pensait qu'à lui, en somme.

— Eh bien, quand vous aurez fini de prendre soin de votre

petit cou gracieux, n'hésitez pas à me sortir de là avant que la suie ne m'étouffe.

Oui, j'exagérais.

Totalement.

Mais je n'étais pas de bonne humeur et il fallait bien que quelqu'un paie pour cela. Ça ne pouvait décidément pas être moi, j'avais déjà assez chargé point de vue poisse, à mon humble avis.

— Vous êtes vraiment la femme la plus désagréable qu'il m'ait été donné de rencontrer.

Je ne pus retenir un ricanement.

— Vous, vous n'êtes jamais sorti avec une Coutarel !

Ce clan regroupait un grand nombre de femmes avec un mauvais caractère. À tel point que peu d'hommes se risquaient à les convoiter.

— D'ailleurs, vous êtes de quel clan ? demandai-je.

J'étais une Delage, mais mon clan était tellement immense que je ne pouvais me targuer de connaître tout le monde. Si ça se trouve, nous étions faits du même bois.

Tout à coup, je fus projetée dans les airs. Mon corps fut libéré de sa prison, et mes poumons purent enfin aspirer autant d'oxygène qu'ils le voulaient. Du moins, jusqu'à ce que je réalise que Simon était très proche du bord du toit et que je voie son pied glisser dangereusement vers le vide.

— Simon !

Mon cri déchira le silence, mais n'empêcha pas le drame. Au contraire, cela sembla briser la concentration du sorcier. La magie autour de moi disparut et je tombai avec violence sur les tuiles.

La douleur dans mon dos et dans mes fesses fut tellement intense que les larmes me montèrent aux yeux.

Il me fallut un instant pour m'en remettre. Quand la souffrance reflua enfin, je me rendis compte que Simon n'était plus en vue.

— Alors ça, c'est ballot.

J'espérais vraiment qu'il n'était pas mort. Après tout, j'avais besoin de lui pour descendre d'ici !

— Simon ! soufflai-je.

Pas de réponse.

Mince, le gars était sans doute en train de se vider de son sang sur le bitume. Mes doigts se mirent à trembler. *Ah non, vous, ce n'est pas le moment de faire vos chochottes !*

J'intimai à ma magie de me filer un coup de main, car elle était encore tapie dans un coin en train de se morfondre.

— Saleté de magie ! Je te ferais remarquer que si je passe l'arme à gauche, toi aussi !

Cela n'aida pas à lui donner la motivation nécessaire pour me soutenir. Dommage, on ne pourrait pas dire que je n'avais pas tenté.

Toujours allongée sur le dos, j'essayai de me rapprocher du bord tout en gardant mes doigts accrochés aux tuiles. C'était un peu comme un parcours d'escalade, mais en vachement moins fun vu que je n'étais pas attachée et qu'il n'y avait aucun tapis moelleux en bas.

— Simon est monté jusqu'ici, il a bien dû se servir de quelque chose, un arbre, une échelle, je n'en sais rien, moi ! m'agaçai-je.

Et puis, soudain, le pire arriva…

Oui, car même si j'adorais la neige et que je trouvais que ça rendait n'importe quel moment merveilleux, à cet instant précis, je détestai les maudits nuages qui passaient sur ma tête et me neigeaient dessus. C'était un peu comme si quelqu'un avait estimé que la situation n'était pas assez pourrie. *Et si l'on balançait un peu de neige sur la tronche de Valentine ? Au pire, si elle crève, son corps restera au frais !* Foutu dieu de la météo !

— Valentine ?

Mon cœur rata un battement.

— Monsieur Simon ?

Le bougre n'était pas mort ! Tout n'était pas perdu.

— Je vais vous aider à descendre de là ! me rassura-t-il.

J'espère bien, Martin ! Je n'avais pas prévu d'y passer le réveillon !

— Rapprochez-vous du bord droit du toit, presque à l'angle.

J'obéis tant bien que mal. J'avais l'impression d'être pataude, j'avais froid et j'en avais marre, tout simplement. J'aurais dû être chez moi sous un plaid, pas en train de me peler les miches sur le toit d'un inconnu !

— Voilà ! Je vois vos pieds, me félicita Simon. Maintenant, laissez-vous tomber en bas.

Il avait dit quoi, là ?

— Vous cherchez vraiment à me tuer, en fait ! hurlai-je.

Comme si j'allais l'écouter ! Non, mais c'était réellement un malade !

— Faites-moi confiance, un peu !

— Jamais ! Je ne vous connais pas et depuis votre arrivée dans ma vie, rien ne va !

Je l'entendis soupirer. Ah, car en plus je le gonflais, merveilleux !

— Faites comme vous voulez, finit-il par dire. Vous n'avez qu'à rester là, après tout, ce n'est pas mon problème.

Ma bouche s'ouvrit, sous le choc. Il n'allait quand même pas m'abandonner ici toute seule ?

— Vous êtes certain que je ne vais pas me fracasser le crâne en bas ? l'interrogeai-je.

— Persuadé.

Je regardai le ciel cotonneux et me pris un flocon dans l'œil.

Qu'est-ce que j'avais fait pour avoir si peu de chance, hein ?

Lasse, j'inspirai un coup, puis décidai de me laisser tomber.

CHAPITRE 9

J'avais fermé les yeux. Cela m'avait-il empêchée de distinguer « la lumière », je n'en savais rien. Ma chute fut trop brève pour que je m'en inquiète, et mon atterrissage quant à lui ne fut aucunement douloureux.

Quand j'ouvris les paupières, cependant, mes sourcils se haussèrent. Où est-ce que j'étais tombée ?

La tête de Simon finit par apparaître.

— Vous voyez ?

— Je vois que je ne suis pas morte, oui, pour autant, je ne comprends pas réellement où j'ai posé le pied.

Ou plutôt le popotin !

Sous mes paumes, sa magie disparut et je pus m'apercevoir que j'étais couchée sur des sapins artificiels.

— Vous êtes dans une remorque.

Il me tendit la main. Je l'attrapai et essayai tant bien que mal de me relever tout en gardant l'équilibre. Seulement, une fois prête à regagner la terre ferme, je m'écroulai contre Simon.

— J'en connais une qui n'a pas la forme, lâcha-t-il en me retenant par les épaules.

— Ni toute sa tête, murmurai-je.

Il y avait quelques heures, je courais loin de lui, et voilà que maintenant, je lui tombais dans les bras, vous parlez d'une logique !

— Nous devrions nous en aller rapidement, fit Simon. Vous avez dû faire un sacré vacarme en vous vautrant sur le toit.

— Si vous insinuez encore une fois que je suis grosse, je vais devenir très désagréable, déclarai-je.

— Ah, ce n'était pas déjà le cas ?

Bizarrement, je dus retenir un sourire. Preuve que j'étais vraiment fatiguée.

— Allez, venez, nous avons beaucoup de choses à nous dire.

— S'il le faut...

Je tentai de m'éloigner de lui pour ne pas avoir l'air plus faible que je ne l'étais, mais il persista à vouloir m'aider et ne desserra pas son étau sur mes épaules.

— Je préfère vous garder près de moi. Vous seriez capable de partir en courant pour aller faire je ne sais quoi, je ne sais où !

J'avais envie de lever les yeux au ciel et de lui balancer qu'il racontait vraiment n'importe quoi. Sauf que je commençais à comprendre qu'il était sans doute plus proche de la vérité que moi.

Simon m'escorta jusqu'à un pick-up. Galant, il m'ouvrit la porte et m'invita à m'installer côté passager.

— La place du mort, lâchai-je, évidemment.

— Quand est-ce que vous finirez par saisir que je ne vous veux aucun mal ? demanda-t-il, légèrement blasé.

Je l'avais déjà compris, mais j'allais me faire un plaisir de l'ennuyer avec cela tout de même. Que la situation rocambolesque dans laquelle j'étais plongée serve au moins à quelque chose.

Je m'assis à l'intérieur de la voiture, Simon prit place derrière le volant et alluma le chauffage. Du coin de l'œil, je le vis regarder mes mains tremblantes. Néanmoins, malgré ce qu'il pouvait s'imaginer, le froid n'était pas le seul responsable.

— Où va-t-on ? Dans votre cave ?

Il démarra le moteur.

— Trop cliché.

— Une cabane dans les bois ?

— Négatif.

— Disneyland ?

Le coin de sa bouche se tordit légèrement.

— Je suis désolé de vous décevoir, nous allons seulement chez mes parents.

Mes sourcils se haussèrent.

— Pour quoi faire ?

N'était-ce pas super étrange de me présenter à sa famille alors qu'on se connaissait à peine ?

— J'espère qu'en vous rencontrant mon père ouvrira les yeux.

— À quel propos ?

Je n'arrivais pas à voir le rapport entre moi, ses parents et le fait de me retrouver coincée dans une cheminée !

— Non, en fait, oubliez. Ramenez-moi chez moi !

Il fallait que je recontacte Madette. Ça m'arrachait la bouche de le dire, mais elle seule pouvait m'aider. Si vraiment tout ça était dû à un problème de projection astrale ou tout autre fait totalement barré, elle allait pouvoir m'expliquer comment m'en extirper.

— La femme qui vous manipule s'appelle Marie, lâcha soudain Simon. Marie Noël.

Mon regard se posa sur lui. Il soupira.

— Vous m'observez encore avec cet air coincé entre l'exaspération et la pitié.

— Il faut dire que vous n'y mettez pas du vôtre. Et puis quoi, votre père, c'est le père Noël ?

Il grimaça.

— Sans rire ? Vous allez vraiment me sortir que vous êtes le fils du barbu ?

Cette fois, c'était officiel, il était TA-RÉ !

— Bien sûr que non, protesta-t-il. Mon père s'appelle Henry.

— Et il voudrait bien réussir sa vie et être aimé ?

Son front se plissa. Entre le fait qu'il racontait n'importe quoi et qu'il ne comprenait pas mes blagues, nous n'étions décidément pas faits pour nous entendre.

— Henry Noël, poursuivit-il.

— Cela fait donc de vous Simon Noël ?

Il haussa les épaules.

— On ne choisit pas sa famille ni son clan.

Ah ça, je ne pouvais pas lui donner tort. Le clan Noël devait prendre cher en vannes à cette période de l'année.

— Bon, résumons, votre père c'est Henry Noël, donc je présume que Marie, c'est votre mère.

Il hocha la tête.

— Et vous vous dites que c'est elle qui me prend pour une marionnette ?

— Tout à fait. Elle est partie de la maison et se cache je ne sais où. J'ai eu beau la chercher, je ne l'ai toujours pas trouvé. Elle profite de sa disparition pour faire n'importe quoi !

— Donc votre mère est une salopette.

— Une salopette ?

— On m'a appris la politesse ! Mais si vous voulez connaître le vrai sens de mes réflexions, vous pouvez enlever le « ette » et vous le mettre où je pense.

Tout à coup, il arrêta la voiture au beau milieu de la route. Son regard quitta le pare-brise pour se poser sur moi et je pus me rendre compte qu'il était véritablement en colère.

— Je comprends que la situation soit difficile à vivre pour vous, mais vous n'êtes pas la seule à en souffrir. Alors, s'il vous plaît, faites un effort, car il se pourrait bien que la prochaine fois que ma mère prend votre contrôle, je décide de rester chez moi à lire un bon livre.

— C'est une menace ?

— C'est une certitude !

Mais c'est qu'il était quand même vachement canon avec ce petit air de professeur mécontent de son élève turbulente.

— Je peux savoir pourquoi vous souriez ? s'enquit-il.

— Je me disais que vous étiez bien foutu.

Ses yeux s'écarquillèrent, et son expression colérique s'évanouit. Mon honnêteté avait toujours le chic pour prendre les gens de court.

— Eh bien, j'imagine que je dois vous remercier bien que cela me semble légèrement déplacé.

Ah bah, d'accord, j'avais affaire à un coincé ! Décidément, nous n'avions rien en commun.

— À coup sûr, vous faites partie de ces gens-là, me désespérai-je.

— Ces gens-là ?

— Ceux qui préfèrent la raclette à la tartiflette.

Il prit un instant pour vérifier que j'étais sérieuse, puis il remit le contact.

— Vous voyez, l'expression « c'est celui qui dit qui l'est » ?

— Ça dépend, est-ce que j'ai cinq ans et demi ?

Un léger silence suivit.

Si ça continuait, il allait ouvrir la portière et me foutre dehors avec un coup de pied au cul.

— Désolée, réflexe. Et donc ? voulus-je savoir.

— Donc vous avez beau me traiter de barge, entre nous, vous êtes celle qui me paraît la moins saine d'esprit dans cette voiture.

C'était méchant.

Sans doute très vrai, mais méchant quand même. Peut-être le méritais-je, cependant. Je pris un instant pour analyser la situation dans son ensemble. Et si Simon n'avait rien d'un assassin ? S'il disait la vérité et qu'il était là pour m'aider depuis le début ? Clairement, je n'avais pas été agréable avec lui, je pouvais essayer de fournir des efforts et voir ce que ça donnerait.

— Pourquoi avez-vous pris rendez-vous dans mon cabinet ? Pourquoi ne pas être venu me parler tout simplement ? l'interrogeai-je.

— J'avais besoin de savoir à qui j'avais affaire. Je me suis dit que ça pouvait être une bonne idée de tester vos... capacités.

Sa petite pause dans sa phrase voulait tout dire sur ce qu'il en pensait. Sans doute avait-il vu clair dans mon jeu.

— Et comment avez-vous su que j'étais ici ?

Je lui avais téléphoné, d'accord, mais la personne qui avait pris le dessus sur moi ne lui avait probablement pas dit où elle se rendait, si ?

— J'étais au café. Cathy m'a rappelé pour me présenter à des clients potentiels. Un couple qui aimerait que je leur confectionne une table en bois brut sur mesure. Puis mon téléphone a sonné, j'ai vu votre nom et je me suis empressé de décrocher. D'abord, je n'ai entendu que le silence, puis j'ai entendu pester et râler. Même si ce n'était pas sa voix, il m'était facile de reconnaître ma mère. Je me suis excusé auprès du couple et je me suis dirigé le plus vite possible vers votre appartement. Vous n'y étiez pas. J'ai alors pris ma voiture en direction de votre cabinet pour finalement vous apercevoir en train de traverser la rue. J'ai fait mon maximum pour ne pas être vu et je vous ai suivie jusqu'à cette maison.

— Pourquoi ne pas m'avoir empêchée de grimper sur le toit ?

— Ma mère... Elle n'est pas dans son état normal, m'expliqua Simon. Ce n'est pas la première année qu'elle vrille à l'approche des fêtes. L'an passé, elle est parvenue à jeter son emprise sur un homme et lui a fait faire tout et n'importe quoi. Nous avons tenté de l'arrêter, mais rien n'y a fait. Ma présence l'a mise en colère et lui a fait prendre plus de risques encore. Je ne souhaite pas essayer de la raisonner, je désire juste la retrouver et la stopper.

Mouais, ce qu'il me disait ne me rassurait pas du tout, soyons d'accord.

— Il a fini comment, ce brave monsieur ? demandai-je sans

être certaine de vouloir connaître la réponse.

— Paraplégique.

Mes yeux s'écarquillèrent.

— Vous blaguez ?

Il s'esclaffa.

— Vous comprenez que ce n'est absolument pas drôle ?

— Désolé, c'était trop tentant. Non, l'homme va bien, il a réussi à prouver que ses actes n'étaient pas de son fait et il a récupéré sa vie.

Peut-être aurais-je la chance de faire la même chose.

— Et en dehors des fêtes, elle est normale ? voulus-je savoir.

— Je n'irais pas jusque-là, mais au moins, elle ne fait rien de scandaleux.

Pourquoi diable Marie Noël pétait-elle un câble à l'approche des fêtes de fin d'année ? Était-ce dû à son nom de famille ? Avait-elle prévu de se venger, car elle n'en pouvait plus de porter ce patronyme ?

— Et votre père, dans tout ça ? lançai-je.

Il ricana.

— Oh, ça, vous allez vite le constater par vous-même !

CHAPITRE 10

La famille Noël vivait dans une demeure fort chic. Le genre d'habitation que nous pouvions atteindre uniquement en traversant une allée de platanes. Elle était ancienne, mais dans le bon sens du terme. Loin d'être défraîchie, la façade laissait apercevoir des fenêtres cintrées et des moulures ici et là. Quelques marches menaient sous le porche d'entrée et la double porte qu'il abritait. Une couronne de houx décorait celle-ci tandis qu'un casse-noisette géant semblait tenir la garde à notre gauche.

— Surtout, ne levez pas la tête, me prévint Simon.

Bien évidemment, mon visage se dirigea vers le haut. J'aperçus alors du gui accroché au plafond.

— Vous n'écoutez vraiment rien !

— J'ai un instinct de survie étrange, approuvai-je. Mais pour le coup, je ne vois pas où est le problème. Quoi, vous craignez de m'embrasser ?

Cette tradition anglaise datait du Moyen Âge, il s'agissait de s'embrasser à minuit sous une branche de gui, symbole de prospérité et de longue vie. Néanmoins, cela faisait bien des années que la coutume était utilisée à des fins personnelles à n'importe quelle heure de la journée ou de la nuit !

— Ce n'est pas ça, mais…

Soudain, la porte s'ouvrit sur un homme aux courts cheveux bouclés. Leur couleur poivre et sel donnait une certaine indication sur son âge. Bel homme, celui que je devinais être le père de Simon était habillé d'un chino noir et d'une chemise blanche retroussée au niveau des manches. Ses yeux clairs étaient dissimulés derrière une paire de lunettes rectangulaires. Dans sa main droite, il tenait un journal.

— Bien le bonjour, mon fils. Je ne t'attendais pas.

S'il paraissait des plus sympathique en m'offrant un sourire très poli, je sentis dans son ton un léger agacement.

— J'ai quelqu'un à te présenter.

Le regard d'Henry se posa une nouvelle fois sur moi, mais une certaine curiosité envahissait désormais ses yeux.

— Aurais-tu enfin trouvé chaussure à ton pied ?

Cette phrase laissait entendre que notre Simon national avait du mal à trouver une compagne. Décidément, il devait vraiment cacher de gros défauts pour qu'il galère tant à rencontrer quelqu'un.

— Mes pieds sont très bien comme ils sont, Père.

Père ? Bon sang, j'étais tombée chez des bourges au premier degré !

— Il fait froid, peut-être pourrait-on entrer ? insista-t-il.

Henry grimaça avant de se décaler pour nous laisser passer.

— Je n'ai pas l'impression d'avoir le choix.

— C'est faux, vous auriez pu nous claquer la porte au nez et retourner lire votre roman, lançai-je en faisant un pas en avant.

Monsieur Noël afficha une expression scandalisée.

— Ce serait un vrai manque de courtoisie !

Simon me poussa gentiment pour que son père puisse fermer le double battant derrière nous. J'avançai et pris alors un moment pour contempler les lieux.

— Ah oui ! clamai-je.

Pièces immenses, escaliers en marbre, tableaux aussi grands que les murs de ma chambre, bibelots semblant valoir une fortune... On était bien chez des gens riches, à n'en pas douter !

— Mes parents se sont bien débrouillés dans la vie, avoua Simon.

Ça se voyait ! Simon n'avait pas dû avoir une enfance comme la mienne. Je doutais qu'il ait dû faire un trait sur ses envies d'apprendre à jouer d'un instrument de musique à cause du prix des cours, ni qu'il ait hésité à demander à ses géniteurs de lui acheter les dernières chaussures à la mode.

Je lui offris un sourire.

Je n'étais pas jalouse du bonheur des autres, cela mettait simplement en avant nos différences.

Henry devait être installé dans son fauteuil devant un feu de cheminée avant notre arrivée, puisque c'est là qu'il nous emmena. D'un geste, il nous invita à nous asseoir sur le canapé immense et moelleux juste à côté. La table basse en face de nous était magnifique. Son pied central était en réalité une sculpture mettant en scène une pile de livres ; sur le dessus, l'un d'eux était grand ouvert. Quelques mots avaient été gravés dans le bois. J'en restai subjuguée.

— Ça vous plaît ? m'interrogea Henry avec une expression de fierté.

— Ça a dû vous coûter une fortune !

Ce n'était pas ce qu'il m'avait demandé, mais c'était la première chose à laquelle j'avais pensé.

Henry se mit à rire avant de se diriger vers le bar de l'autre côté de la pièce.

— Simon nous l'a offerte. Mais je ne doute pas qu'un tel travail doit valoir son prix.

Bouche ouverte, je braquai mon regard sur l'intéressé.

— C'est vous qui avez fait ça ?

Le jour commençait à décliner et, avec lui, la lumière ambiante s'amenuisait. Je ne fus donc pas certaine de voir les joues de Simon rosir.

— Oui.

Une réponse simple. Il ne se vantait pas de son travail, n'avait pas l'air de s'apercevoir à quel point ce qu'il avait fait était magnifique.

Mes yeux effleurèrent ses lèvres et j'eus l'envie irrépressible de poser les miennes dessus. C'était sans compter sur Simon, qui claqua des mains devant mon visage.

— Reprenez-vous, Valentine.

Je clignai des paupières plusieurs fois et reculai légèrement sur le canapé. Qu'est-ce qui m'avait pris ? Ce n'était pas parce qu'il était talentueux que je devais me mettre à lui rouler des pelles !

Monsieur Noël revint avec trois verres et une carafe emplie d'un liquide ambré. Simon secoua la tête.

— Pour nous, ce sera des jus de fruits.

Ah bon ? Depuis quand décidait-il de ce que j'allais boire, celui-ci ?

Avisant mon regard peu amène, il me demanda :

— Ne pensez-vous pas que vous risquez d'être encore plus vulnérable avec de l'alcool dans le sang ?

Je n'en savais rien et, à vrai dire, je n'y avais même pas réfléchi. Maintenant qu'il en parlait, ce n'était sans doute pas une bonne idée de tenter le coup.

— Et vous ? C'est pour mieux me surveiller ?

— Cela se pourrait. Mais je n'aime pas vraiment l'alcool, tout simplement.

Henry revint avec une bouteille de jus de fruits et nous le servit dans les verres en cristal. On ne se refusait rien, par ici ! Puis il attrapa son propre breuvage et en avala une gorgée avant de se concentrer sur l'essentiel.

— Donc, que me vaut votre venue ? Et surtout, qui t'accompagne, Simon ?

Je réalisai alors que je ne m'étais pas présentée, c'était sans doute le *must* de l'inconvenance, pour Henry !

— Je m'appelle Valentine Delage.

— Une Delage ! s'exclama-t-il. J'ai de nombreux amis faisant partie de votre clan !

Il semblait tout à coup très réjoui, ce dont je me moquais un peu. La seule chose que je désirais, c'était que Marie me laisse tranquille !

— Peut-être que je connais vos parents, que font-ils ?

Mes mâchoires se crispèrent. Cela m'aurait fortement étonnée qu'un homme comme Henry connaisse mon père boulanger ou ma mère maîtresse d'école...

Je m'attendais presque à du jugement quand je lui annonçai le travail de mes parents, mais il n'en fut rien. Son sourire semblait honnête, et ses yeux pétillaient.

— J'adore le pain !

C'était une déclaration plutôt surprenante, mais il parut tellement content que je ne pus m'empêcher d'en être amusée.

— Je crois que c'est l'une des rares choses que je sais préparer avec les sablés de Noël et les pâtes !

Ben oui, quand on grandit dans le levain, on finit par apprendre comment faire une bonne baguette !

Après une ou deux questions sur le commerce de mon père et sur la localisation de celui-ci, il nous demanda la véritable raison de notre venue.

— Maman, avoua Simon.

Henry soupira.

— Je t'ai déjà dit que je ne m'en mêlerai pas.

— On ne peut pas la laisser faire n'importe quoi !

— Ce sont ses affaires, Simon ! Je lui ai juré de ne pas me mettre en travers de son chemin et vu que je suis un excellent mari, je vais tenir cette promesse.

— Même si elle risque de foutre ma vie en l'air en passant ? l'interrogeai-je.

Qu'il ne veuille pas se disputer avec la mère de son fils, je pouvais le comprendre. Mais de là à laisser faire n'importe quoi...

— Elle utilise Valentine pour arpenter la ville et semer le trouble, poursuivit Simon. J'ai dû la sortir d'une cheminée et nous avons failli tomber du toit tous les deux !

— En vérité, nous sommes tombés du toit, rectifiai-je.

C'était uniquement grâce à la présence de cette remorque

pleine de sapins que nous allions bien.

Henry but une nouvelle gorgée de son verre. Son regard était perdu au loin. Quand il se concentra sur nous, ce fut pour dire :

— Je ne peux rien faire.

J'étais tout bonnement choquée. Je me levai.

— Donc vous n'en avez rien à faire des gens en dehors de votre petite personne riche ? lâchai-je.

Ce n'était sans doute pas la bonne manière de parler à Henry, mais je m'en fichais.

— Votre femme me prend en otage ! Elle m'a forcée à kidnapper un père Noël ! Elle a submergé mon appartement de sapins ! M'a fait porter un pull renne avec le bout de mes seins qui s'illuminait ! Ce sera quoi, la prochaine fois, hein ? Former une armée de lutins avec des gosses que j'aurais récupérés dans une crèche ? « Allez, les mioches, enfilez tous vos collants verts et votre chapeau pointu, on part en Chine confectionner des cadeaux dans des caves ! ».

Je compris au regard des deux hommes que je m'étais sans doute emballée.

— Tu vois ? lança Simon. Elle devient barge.

— Pas du tout ! criai-je.

Il me fallait un chocolat chaud. Un muffin, un cookie, bref un machin sucré pour me calmer les nerfs, car là, je ne répondais plus de rien. Et ce satané mal de tête qui ne me quittait pas, par-dessus le marché !

— Si vous ne faites rien pour arrêter votre femme, je le ferai à votre place, prévins-je, et je ne peux pas promettre d'être gentille.

Rien à carrer si monsieur Noël décidait que je n'avais pas été assez sage pour avoir des cadeaux, j'allais casser la tronche à madame Noël !

CHAPITRE II

— Votre père est insupportable !

Alors que nous venions de nous installer dans la voiture de Simon, je laissai échapper ma colère.

— Comment peut-il réagir ainsi ?

— L'amour, déclara-t-il simplement.

— L'amour ? pestai-je. La lâcheté, oui ! Permettre à quelqu'un d'agir comme ça et mettre les autres en danger, ce n'est pas lui rendre service !

Simon soupira.

— Je le sais, Valentine, croyez-moi. Ce n'est pas pour rien que je suis venu vous trouver dans votre cabinet. Je ne peux pas laisser ma mère faire n'importe quoi. Et je ne veux pas que vous en souffriez.

Mon regard se posa sur lui, puis glissa sur sa bouche. Je me sentis m'approcher de ses lèvres. Là, il me feula dessus comme un vulgaire chat de gouttière.

— Non, mais qu'est-ce qui vous prend ? fis-je, outrée.

— Vous alliez m'embrasser.

— Mais pas du tout !

Je n'étais qu'une grosse menteuse.

— Je ne vous en veux pas, fit-il. Ce n'est pas votre faute, c'est à cause du gui.

— À cause du gui ?

— Ma mère l'a ensorcelé. C'est pour ça que je vous ai conseillé de ne pas le regarder. Maintenant, vous allez avoir envie de m'embrasser dès que vous me trouverez un peu agréable.

C'était une blague ?

— Sans rire, votre mère, c'est vraiment une emmerdeuse !

Et dire qu'il avait dû grandir avec elle, j'en avais presque de la peine pour lui.

— Je vous l'ai dit, c'est Noël, ça la rend...

Il hésita et je finis par prendre le relais.

— Oui, je suis d'accord avec vous, à ce niveau-là, il n'y a même pas de mot !

« Cinglée » n'était pas assez fort. Car en plus de cela, elle était égoïste, sournoise, et tout un tas d'adjectifs qui faisaient que je ne la portais pas dans mon cœur.

Marie Noël était *la* personne à abattre.

Enfin, peut-être pouvais-je me contenter de la remettre à sa place.

— Nous devons élaborer un plan pour qu'elle arrête de me prendre pour une marionnette.

— Je suis d'accord, affirma Simon. Maintenant que vous avez compris que je n'étais pas un tueur en série, nous allons pouvoir y réfléchir ensemble.

La nuit était tombée, je regardai par la vitre les lumières de la ville qui se rapprochaient et sentis l'angoisse pointer le bout de son nez en me rendant compte que j'allais bientôt me retrouver seule dans mon appartement, laissant la possibilité à la mère de Simon de me contrôler.

— Et si nous allions en parler au café ? lançai-je.

La musique, le bruit, la présence des clients, j'espérais que tout ça repousserait le moment où mon esprit allait quitter mon corps.

— Ne serait-ce pas une bonne idée de vous nourrir d'autre chose que de sucre ?

Je laissai de côté le fait qu'il me jugeait et demandai :

— Vous proposez quoi ?

— Repas italien ? On pourra toujours prendre le dessert chez Cathy.

Vu comme ça, je n'allais pas dire non.

— D'accord, mais c'est vous qui payez. Après tout, c'est à

cause de votre mère si je ne peux pas travailler !

Son rire résonna dans la voiture et je me surpris à sourire.

— J'imagine que je vous dois bien ça.

— Vous me devez bien plus, précisai-je, mais le resto italien est un bon début.

Surtout que, maintenant que mon estomac savait qu'il allait pouvoir se nourrir, il hurlait à la mort. On aurait dit un loup un soir de pleine lune.

Je tentai de ne pas me tourner vers Simon pour ne pas apercevoir son expression moqueuse.

Nous finîmes par arriver devant le restaurant *Chez Gio*. Simon se gara et je réajustai mon écharpe avant de sortir de l'habitacle.

Cela faisait bien longtemps que je n'avais pas dîné à l'extérieur. Tout l'argent que je me faisais avec le cabinet, je le mettais de côté pour l'avenir, quand bien même j'ignorais de quoi celui-ci serait fait. Je savais que, quelle que soit la situation, posséder des liquidités était une excellente chose.

Sauf si je finissais en taule. Là, ça n'allait malheureusement rien changer.

Un petit son cristallin annonça notre présence quand nous entrâmes dans le restaurant. Ici, il faisait bon, une douce odeur planait dans l'air, et la décoration mélangeant moderne et classique était agréable à regarder. Je devais avouer que je me faisais une joie de ce moment.

Un homme s'approcha de nous avec deux cartes à la main.

— Vous êtes deux ?

Je souris, m'apprêtant à répondre, quand Simon rétorqua :

— Oui, mais nous prendrons à emporter.

Ce fut une douche froide. Pourquoi diable avait-il dit ça ? Où comptait-il m'emmener ? Pensait-il que nous allions manger dans sa voiture ? Franchement, ma déception était immense.

— Vous payez moins cher sans le service à table ? lâchai-je d'une voix bougonne.

Il ne se départit pas de son sourire. Il ne savait pas ce que c'était que d'être pauvre et de se voir enlever la nourriture sous le nez. Même si là, le repas restait.

— J'aimerais juste vous montrer quelque chose.

Jusqu'ici, il m'avait fait découvrir une photo de moi, de mauvaise qualité, en train de voler des sucres d'orge, puis la maison de ses parents. Je n'étais pas bien sûre de désirer continuer sur la même voie, je devais l'avouer.

Nous attendîmes en silence dans l'entrée du restaurant. Je regardai les clients attablés avec envie et déception. Pourquoi je n'avais pas la chance d'être comme eux ? Un boulot confortable, une existence tranquille... Non, moi, il fallait que j'arnaque les gens avec des mensonges pour m'en tirer. J'étais tombée bien bas.

— Valentine ?

Je me tournai vers Simon. Il portait deux sacs bien remplis.

— Tout va bien ?

J'acquiesçai sans pour autant faire disparaître mon air maussade.

— Allons-y.

Il prit notre repas d'une main et posa la deuxième dans mon dos pour m'inviter à avancer. J'eus une conscience aiguë de son contact à travers le tissu de ma veste.

Le froid mordant de l'extérieur nous attaqua dès que l'on mit un pied dehors. Encore un peu, et notre dîner allait geler sur place.

— Et maintenant ? soupirai-je.

Simon se dirigea vers sa voiture. Je crus que nous allions repartir, mais il se contenta de récupérer quelque chose dans le coffre.

— Une couverture ? m'étonnai-je. Vous voulez faire un pique-nique en plein mois de décembre ?

Il avait forcément pris un peu de folie à sa mère, à ce

compte-là.

— Et si vous arrêtiez de réfléchir, histoire de profiter du moment présent ? m'assena-t-il.

Oui, eh bien, contrairement à lui, j'aimais profiter de l'instant au chaud, et non avec la perspective d'un futur rhume en tête.

Cependant, je gardai le silence et lui emboîtai le pas au travers des ruelles. Il n'avait pas l'air bien malin, avec sa couverture sous le bras !

— J'espère tout de même que le repas sera encore chaud...

Bon, d'accord, je ne savais pas réellement me taire.

— Nous n'allons pas loin, m'apprit Simon.

Je continuai de le suivre jusqu'au parc, la ville y avait installé plusieurs décorations lumineuses sur le thème de Noël. Seul un couple d'amoureux déambulait entre celles-ci.

Simon poursuivit sa route jusqu'au kiosque. Je m'arrêtai un instant en voyant à quel point il était joli, ainsi paré d'une multitude de guirlandes. Certaines donnaient l'effet de stalactites tombant du toit, d'autres éclairaient les colonnes de mille feux. C'était magnifique.

— Vous venez ?

Juste devant ce beau spectacle, Simon me souriait.

J'observai son doux visage et son expression mutine, et je sentis ma poitrine se réchauffer. Cathy avait raison, finalement, quand on faisait fi de sa famille, il avait l'air d'être un chouette type.

Dommage que sa mère parte totalement en vrille !

Je rejoignis Simon et montai les quelques marches du kiosque. En haut, le sorcier patientait, assis sur un banc.

— Votre place n'attend que vous.

Couverture sur les genoux, il tapotait l'espace vide à ses côtés. J'allai m'y installer et attrapai le plaid qu'il me tendait.

— On n'est pas bien, là ? me demanda-t-il.

— Eh bien, hésitai-je, ça change !

Ce n’était pas ce à quoi je m’étais préparée, mais c’était moins affreux que ce que ça aurait pu être.

— Avisez la vue !

Je suivis son regard et pus admirer tous les ornements lumineux ainsi qu’une partie de la ville décorée pour Noël. Je devais avouer que c’était un panorama très agréable.

Un sourire courba mes lèvres.

— OK, vous avez gagné, c’est sympa !

Et puis, avec la couverture et mon repas chaud qu’il venait de poser sur mes genoux, je n’étais pas en train de me transformer en Olaf.

— Vous faites ça souvent ? lui demandai-je en plantant ma fourchette en bois dans mes linguines au parmesan.

Il secoua la tête.

— Non, ce n’est que la deuxième fois, mais seul, c’est un peu différent.

Je voyais ce qu’il voulait dire. De temps à autre, la solitude ternissait certains moments, tandis qu’une bonne compagnie les magnifiait.

— Votre père vous a parlé comme si vous étiez un célibataire endurci. L’êtes vous ?

Je me demandais surtout pourquoi.

— Mon paternel estime qu’à mon âge je devrais déjà être marié et avoir des enfants. Il est de la vieille époque, en ce qui concerne l’amour et la famille. Pour lui, je perds mon temps, et j’aurais dû me mettre en ménage dès la fin de mes études.

— Et l’amour dans tout ça ?

— Il pense que je suis trop compliqué et que mes attentes sont trop hautes.

— Est-ce le cas ?

Il haussa les épaules.

— Je ne sais pas. J’ai eu beaucoup d’affection pour mes anciennes petites amies, mais pour autant, je n’ai jamais ressenti quelque chose de plus fort.

— Je vois. Les sentiments, ça ne se commande pas, votre père devrait le comprendre. Et puis, vous ne m'avez pas l'air si vieux.

L'était-il ? Possédait-il le même chirurgien que madame Duchemin ?

J'observai son visage et y cherchai des rides. Il s'esclaffa.

— J'ai seulement trente-cinq ans.

Soit une poignée d'années de plus que moi. Et vu où j'en étais aujourd'hui, j'avais du mal à croire qu'à son âge, je serais mariée avec plein de mini Valentine.

— Vous avez le temps, déclarai-je.

Très honnêtement, c'était moi que j'essayais de convaincre. Et peut-être l'avait-il deviné, car il m'observa avec curiosité.

Allait-il m'interroger sur mon âge ?

Me dire qu'il me trouvait belle ?

— Je me demande pourquoi ma mère vous a choisie, vous !

Je retombai de mon nuage pour m'éclater la tête la première contre le sol.

Sa mère savait plomber l'ambiance en toutes circonstances, décidément !

CHAPITRE 12

Nous mangeâmes tranquillement, mais bien vite, le froid se rappela à nous et nous força à prendre la route du café de Cathy. En nous voyant entrer tous les deux, la patronne ne manqua pas de faire les gros yeux. J'étais certaine que dès que Simon tournerait le dos elle m'enverrait des signes de la main dans tous les sens.

— Ça alors, vous ici ! s'exclama-t-elle bien trop fort.

Une poignée de clients nous observèrent. Vous parlez d'une discrétion !

— Vous venez me rendre visite ou boire un coup ?

Traduction : rendez-vous amical ou amoureux ?

— Nous allons manger un petit quelque chose, répondit Simon.

Il se tourna et là, Cathy ouvrit la bouche et me fit des gestes incompréhensibles Je ne pus m'empêcher de sourire tout en secouant la tête.

Quand le sorcier nous fit de nouveau face, elle fit en sorte d'avoir l'air normale.

— Ta place est libre, Valentine. Je vous laisse vous asseoir et viendrai prendre votre commande d'ici quelques minutes.

Nous la remerciâmes et elle m'envoya un clin d'œil avant que je ne lève les yeux au ciel. Cette fois, c'était officiel, elle n'allait jamais me lâcher, avec ça.

Une fois à table, débarrassés de nos vestes et de nos écharpes, ce fut le moment de parler sérieusement.

— Donc, pourquoi moi ? lançai-je.

— Le fruit du hasard ? proposa-t-il.

Je grimaçai.

— Ça ne serait pas de chance, vous en conviendrez !

Il acquiesça, mais ne répondit rien.

— Vous vous y connaissez en projection astrale, vous ? l'interrogeai-je alors.

— Je n'en ai pas la capacité, si c'est votre question. Ma mère non plus, d'ailleurs.

Tout ne tournait pas autour de sa mère, bon sang ! Enfin, du moins, là, je ne parlais pas d'elle.

— Ma tante s'imagine que je possède ce don. Je ne dis pas que j'y crois, attention, mais peut-être est-ce une piste à creuser.

Il m'observa attentivement sans prononcer un mot.

— Quoi ? m'exclamai-je.

Ça en devenait presque gênant.

— Je ne sais pas quoi penser de ce que vous venez de dire.

— Ça m'a fait à peu près le même effet quand elle me l'a annoncé, mais je commence à croire que ce n'est pas si impossible.

— Non, ce n'est pas là où je veux en venir... Dites, on est d'accord qu'en réalité, vous n'êtes pas une voyante, n'est-ce pas ?

Il avait soufflé les dernières paroles comme pour protéger mon secret. Ne sachant quoi répondre à cela, je me raclai la gorge. C'était le moment parfait pour que Marie fasse quelque chose de moi !

— Vous n'êtes pas obligée de l'admettre si vous ne le souhaitez pas, continua-t-il. Je pars du principe que votre silence est un aveu.

Merveilleux. Donc, à ses yeux, j'étais officiellement une menteuse. Ma poitrine se serra, mais j'envoyai cette sensation paître au loin. Qu'est-ce que ça pouvait faire ? Monsieur était riche, nous ne vivions pas dans le même monde, jamais il ne comprendrait pourquoi j'agissais ainsi et je n'allais pas me fatiguer à le lui expliquer.

Cathy arriva à ce moment-là pour nous demander ce que

nous souhaitions boire et manger. Je me cachai un instant derrière la carte pour reprendre contenance. Ce n'était pas le moment pour perdre le peu de confiance en moi que j'avais en stock.

— Un brookie, s'il te plaît.

Comme ça, je prendrais encore un kilo et je pleurerais sur mon sort en refusant de faire du sport, car je n'étais pas née pour souffrir.

— Et un Coca Zéro, ajoutai-je.

Ça n'avait aucun sens.

Tellement pas de sens que Cathy me fixait sans discontinuer.

— Ça ne va pas, non ? me demanda-t-elle avant de repartir comme elle était venue.

Visiblement, elle n'était pas d'accord avec ma commande.

— Nous devons passer en revue tout ce que ma mère a fait et découvrir sa motivation, décida Simon.

— Car vous pensez qu'elle en a une ?

— Je ne peux pas croire qu'elle fasse tout ça sans une bonne raison. Ça reste tout de même ma mère. C'est une femme très droite, habituellement.

— Vous êtes au courant que « très droite », ça veut dire autre chose que tenir debout ?

Il m'offrit une expression désespérée. Je levai les mains au ciel.

— Tout a commencé l'année dernière, poursuivit-il. J'ai tenté de savoir s'il s'était passé quelque chose de spécial, mais je n'ai rien déniché. Et voilà que la situation s'aggrave...

— Qu'est-ce que ça va être l'année prochaine !

— Peut-être ne serez vous-même pas là pour le voir.

— Arrêtez, avec vos blagues à la noix !

— En réalité, j'essaie seulement de focaliser votre attention sur autre chose que mes lèvres.

Je clignai des yeux et compris que je n'avais pas détaché

mon regard de sa bouche depuis qu'il s'était mis à parler.

Saleté de mère Noël !

— Comment est-ce qu'on peut mettre un terme à ce foutu sort ? m'agaçai-je.

— Je l'ignore, j'ai embrassé le facteur deux ans auparavant et l'attraction a disparu. Mais il y a aussi des chances que le sort disparaisse avec le temps. Enfin, j'imagine.

Je tentai de savoir s'il rigolait et, en saisissant que ce n'était pas le cas, je m'esclaffai.

— Le facteur ?

— Depuis, lorsque je leur rends visite pour les fêtes, je n'ouvre plus leur porte si ça sonne !

Mon rire ne fit que s'accroître alors qu'il me regardait avec un air mi-amusé, mi-agacé.

— Ce n'est pas drôle, je n'ai que très peu apprécié ce baiser ! Sa moustache était très piquante et sentait la cigarette.

Je n'allais pas m'en remettre !

Cathy arriva et posa sur la table nos desserts et deux chocolats chauds.

Elle avisa mon expression perplexe.

— Je ne veux rien entendre ! fit-elle avant de partir.

Bon, eh bien, ce serait sa faute si je prenais des cuisses, sur ce coup-là !

Nous mangeâmes notre dessert tranquillement tout en discutant. Simon m'en apprit plus sur sa mère. Elle travaillait pour l'administration des sorciers, un poste haut placé qui nécessitait de la poigne et une certaine rigueur. Marie avait su grimper les échelons au fil des années en devenant irremplaçable. Une qualité que je lui enviais, je devais l'avouer. Jamais je n'aurais ce genre de carrière, j'en étais consciente.

— Quelqu'un de jaloux aurait-il pu lui jeter un sort ? demandai-je.

— Je ne pense pas. Ma mère se rend compte de ce qu'elle

fait, elle n'est nullement plongée dans le brouillard. Je n'ai pas l'impression que quelqu'un la force à agir contre son gré. Mon père est du même avis, sinon, il serait intervenu avant.

— J'ai encore des difficultés à croire qu'il ne veuille pas s'en mêler...

Aimer quelqu'un d'accord, mais accepter qu'il fasse du mal à autrui... c'était tout autre chose !

— Il a toujours laissé ma mère faire ce que bon lui semblait, même quand celle-ci décidait d'installer le sapin début novembre dans la maison.

Je fronçai les sourcils.

— Quel est le problème à décorer sa maison début novembre ?

Je le faisais. Oui, pour beaucoup, c'était trop tôt, mais pas pour moi. À partir du moment où Halloween était passé, je ne voyais pas le souci !

Il sourit.

— Entendez-moi bien, j'aime Noël, mais pas un mois et demi avant.

C'était dingue à quel point il redescendait dans mon estime, tout d'un coup !

Je pris une nouvelle cuillère de brookie et marmonnai :

— Avec des réflexions pareilles, il ne faut pas s'étonner que votre mère se soit barrée.

— Pardon ?

J'avalai ma sucrerie.

— Avec le chocolat, je préfère manger des petits sablés !

À son regard, je compris qu'il n'était pas dupe, mais loin de me gêner, cela m'amusa au plus haut point.

— Pourquoi me faire descendre dans cette cheminée ? finis-je par demander.

— Un entraînement pour le grand jour ? proposa-t-il.

— Très drôle.

C'était clairement ironique. À cause de lui, je me mettais à craindre que Noël arrive.

— Non, ce que je veux dire, c'est pourquoi cette maison ? insistai-je.

Alors qu'il allait manger une part de son pain perdu, il interrompit son geste. Mes pupilles se fixèrent sur sa bouche. Qu'est-ce que j'aimerais être un pain perdu, ou même une cuillère !

— Vous tenez peut-être quelque chose !

— Avec la cuillère ou le pain perdu ?

Il y eut un léger silence avant qu'il ne me donne un coup de pied sous la table.

— AÏE !

Ça n'avait pas été douloureux. Mais j'étais agacée qu'il m'ait tirée de ma contemplation.

— Sans rire, embrassez-moi et passons à autre chose, soupira-t-il.

Ma bouche s'ouvrit.

— Vous dites ça comme si c'était une corvée !

C'en était vexant !

— Si vous n'étiez pas sous l'effet du sort, vous n'en auriez même pas envie, se contenta-t-il de répondre.

Ça, rien n'était moins sûr ! Il était mignon à croquer et, depuis que j'étais consciente qu'il ne voulait pas donner mon cadavre à manger à des chiens, je m'en rendais de plus en plus compte. Mais soit, si lui voyait le fait de me toucher comme un problème, eh bien, nous ne ferions rien. Il n'aurait qu'à me frapper chaque fois que l'envie me prendrait de lui sauter dessus, au moins, ça me rappellerait que je n'étais pas à son goût.

Exaspérée, je me levai.

— Je rentre chez moi !

Rien de mieux que d'être blessée dans son orgueil pour vaincre la peur de sortir dans la nuit, manipulée par une vieille folle !

— Désirez-vous que je vous raccompagne ?

Alors là, c'était le pompon !

— Non, merci, je ne voudrais pas que ma présence soit une corvée de plus !

Il leva les yeux au ciel.

— Vous agissez comme une enfant, Valentine.

Pouvait-il arrêter de dire mon prénom d'une voix si sexy ?

— L'enfant va faire pipi, les dents, et au lit !

C'était le truc le moins glamour que j'aurais pu balancer, mais je gardai la tête haute et sortis du café, ma veste et mon écharpe sous le bras, après un rapide geste d'au revoir dédié à Cathy.

Une fois dehors, je décidai de traverser la route à toute vitesse pour entrer dans mon immeuble. Il ne servait à rien de me vêtir pour si peu de distance. Devant mon appartement, je me mis à chercher mes clés. Clés que j'avais laissées sur la porte de mon cabinet avant de tomber au sol et de finir enfermée dans une cheminée.

Je poussai un cri de rage et commençai à me frapper la tête contre un mur.

Kevin, mon voisin, arriva à ce moment-là.

— Yo, Val, t'as besoin d'aide pour ouvrir ta porte ?

— J'ai oublié mes clés au boulot, râlai-je.

Et évidemment, j'avais investi dans une serrure ensorcelée. Personne ne pouvait la crocheter sans avoir la clé avec lui.

— Tu veux dormir chez moi ?

C'était gentil. Et totalement hors de question. Je me tournai vers mon jeune voisin d'à peine vingt ans. Avec ses cheveux décoiffés et ses yeux rouges, il avait l'air de ne pas avoir dormi depuis trois jours ou bien d'avoir trop fait la fête. Peut-être même un cumul des deux, ce qui, le connaissant, était tout à fait possible. Le sol de son appart était peut-être recouvert de bouteilles d'alcool et de vomi séché.

Je lui souris pour lui faire comprendre que j'appréciais son invitation, mais déclinai.

— C'est adorable, Kevin, mais je vais aller chercher mes clés.

— Comme tu veux, tu sais où me trouver !

Après un clin d'œil, il entra dans son appartement et je soupirai.

Je n'avais aucune envie de ressortir. Encore moins pour me rendre compte que mon cabinet avait été vandalisé.

Soudain, je pris peur. Quelqu'un aurait-il pu me voler mon argent ?

Cette fois, je n'avais plus le choix, je devais aller vérifier !

D'un pas angoissé, je rejoignis la rue, puis croisai Simon, qui se dirigeait justement vers mon immeuble.

Qu'est-ce qu'il me voulait encore ?

Il me tendit un sac.

— Il paraît que le sucre vous met de meilleure humeur, se contenta-t-il de dire.

Étaient-ce des excuses ? Ça n'y ressemblait pas vraiment.

— Est-ce que vous pouvez m'emmener quelque part ?

Quitte à devoir le supporter, autant qu'il serve à quelque chose !

CHAPITRE 13

Contre toute attente, la porte de mon cabinet était fermée et verrouillée.

— Où est-ce qu'elle a foutu les clés ? hurlai-je.

J'en avais marre ! Vraiment marre ! Il était temps que tout cela s'arrête !

— Regardez sous le paillasson. Ma mère a tendance à y planquer ses trousseaux.

— Vous avez conscience que ce n'est en rien une cachette, j'espère !

Il ne répondit rien et retourna le paillasson avant de me tendre mes clés.

Je me pinçai l'arête du nez pour ne pas péter un plomb. N'importe qui aurait pu les trouver !

— Au moins, elle a fermé derrière elle...

Il n'avait pas tout à fait tort. Elle aurait pu laisser ouvert, faire grimper ma facture de chauffage et permettre à n'importe qui de me voler. À la place, elle avait fermé et « planqué » les clés.

Je soupirai. La fatigue pesait sur moi comme une chape de plomb. J'avais envie de dormir sans me réveiller dans un cauchemar de Noël.

— Peut-être devriez-vous venir chez moi, cette nuit ? Après tout, on ne sait pas comment s'y prend ma mère, peut-être a-t-elle ciblé votre logement et votre cabinet.

Peut-être, mais peut-être pas. Est-ce qu'aller roupiller chez le fils de celle qui faisait de ma vie un enfer était réellement une bonne idée ?

— De plus, il me semble que vous avez un sapin dans votre salle de bain, ainsi que d'autres dans tout le reste de votre appartement.

Cette fois, je pris ma tête entre mes mains.

— J'avais oublié.

Comment allais-je tous les sortir de chez moi ? Et pour les mettre où, après ?

Une petite voix me souffla que je pourrais m'en servir pour préparer le bûcher funéraire de Marie, mais je fis de mon mieux pour ne pas partager cette pensée avec Simon. Pas sûr qu'il désire encore m'inviter chez lui si je lui disais que je voulais cramer sa mère ! Néanmoins, elle saurait ce que ça faisait de se retrouver dans une cheminée. MOUAHAHAHAH.

— Valentine ?

— Oui ?

— Pourquoi vous riez ?

Oups.

— C'est nerveux, lui dis-je.

Il sembla perplexe, et je tentai de faire abstraction de cette étincelle dans ses yeux. Celle qui prouvait qu'il regrettait un tout petit peu de m'avoir proposé de m'héberger.

— Va pour cette nuit ! lâchai-je. Et puis, si je recouvre vos murs de crème de marrons, vous ne pourrez en vouloir qu'à votre génitrice !

Il grimaça. J'espérais tout de même qu'on n'en arriverait pas à ce stade.

Nous reprîmes sa voiture, et il nous conduisit jusque chez lui. Sa maison était éloignée du village. Un peu trop à mon goût.

— Vous vivez où, exactement ?

— En ville. Là, je vous emmène en pleine forêt, histoire de pouvoir bien cacher votre corps.

Heureusement que le bougre souriait.

— Ça vous fait rire ?

— Quand cela vient de moi, oui.

Effectivement, c'était toujours plus drôle d'être le

taquineur que le taquiné.

On finit par arriver dans un village limitrophe que nous traversâmes rapidement, puis, quelques kilomètres plus loin, Simon s'arrêta devant un portail.

— C'est chez vous ? demandai-je.

— Non, je rentre chez un inconnu. Regardez, j'ai même la télécommande de son portail !

Il la sortit de la boîte à gants et les grilles s'ouvrirent instantanément.

— On vous a déjà dit que vous n'étiez pas drôle ?

— Vous vous êtes contentée de dire que j'étais fou.

— Vu vos gènes, ce n'est pas impossible ! rétorquai-je.

Un point pour Griff... Valentine !

— Pourquoi vous ai-je invitée, déjà ? lâcha Simon.

— Pour cacher mon corps dans la forêt.

— Il va me falloir beaucoup creuser...

Ma bouche s'ouvrit face à une telle répartie, et il éclata d'un rire tonitruant.

— J'ai bien compris que vous me trouvez grosse, pas la peine d'insister là-dessus !

J'avais trop de gras pour monsieur Simon ! Eh bien, tant pis !

— Je ne vous trouve pas grosse, mais cela vous irrite tellement que ça me fait très plaisir de vous le faire croire, me dit-il, amusé.

Quel fils de... Marie Noël !

Je sortis de la voiture et claquai la portière. Qu'il me montre mon lit et qu'on en reste là pour cette journée !

Nous pénétrâmes dans la maison. Quand Simon alluma, j'eus le loisir de contempler son salon. La décoration était claire et épurée. Très chic et moderne.

Je grimaçai.

— Qu'est-ce qu'il y a ?

Mon hôte semblait vraiment contrarié. Il observa

rapidement la pièce, sans doute pour vérifier qu'il n'avait pas laissé un caleçon sale quelque part.

— Ça manque de vie !

Et de magie de Noël !

C'était beau, je ne disais pas le contraire. Et peut-être que ce salon aurait pu trouver sa place dans un magazine de décoration, mais il n'était pas chaleureux. La petite étincelle qui faisait qu'on avait envie d'enlever ses chaussures pour se prélasser sur le canapé.

De plus, je remarquai qu'il n'y avait aucun meuble en bois dans le coin. Pourtant, n'était-ce pas le métier de Simon d'en confectionner ?

— Je sens que vous me jugez. Ça ne change pas beaucoup de d'habitude, cependant !

Tout de suite, les grands mots !

— Je prends le canapé ? l'interrogeai-je.

— Je possède une chambre d'ami.

Dormir dans un lit... Cela faisait plusieurs jours que je ne le faisais plus. J'en étais presque à appréhender le moment. Comme si les matelas me voulaient du mal. *Franchement, Valentine, t'as vraiment un grain !*

Simon m'escorta jusqu'à la fameuse chambre d'ami. Elle n'était pas grande, mais coquette, avec sa parure fleurie et ses rideaux colorés. L'exact opposé du salon où régnaient blanc, noir et nuances de beige.

— Personne n'a encore dormi ici. Vous me direz si le lit est confortable.

— J'essaierai d'y penser, si je n'arpente pas la ville à la recherche d'un traîneau.

Il avait dû comprendre à ma voix que j'étais tendue. Et pour tout avouer, je ne l'étais pas qu'un peu. Ne pas avoir la totale possession de mon corps me faisait très peur. À la première heure le lendemain, je devais appeler Madette pour qu'elle m'explique comment m'en sortir.

— Je vais enclencher l'alarme et poser des protections magiques. Vous ne pourrez pas vous en aller sans que j'en sois averti.

Cette phrase, qui aurait pu être prononcée par un kidnappeur sans l'ombre d'un doute, me rassura plus que je ne l'avouerais jamais.

— La salle de bain est au fond du couloir, à droite. Je vous laisse.

Il sortit, et je restai seule.

Là, debout au beau milieu de la demeure d'un homme que je connaissais à peine, vêtue de ma veste et de mon écharpe, je me demandai ce qu'il m'arrivait. Je me sentais abattue. J'avais l'impression que la vie s'acharnait sur moi. Sans doute le méritais-je à cause de mes mauvaises décisions, mais tout de même...

Je me déshabillai et enlevai mes chaussures avant de m'asseoir sur le lit. Être ici était néanmoins plus réconfortant que d'être seule à la maison. Si Marie tentait quelque chose, son fils veillerait sur moi. Du moins, je me plaisais à l'espérer. Il m'avait empêchée de rester coincée dans cette cheminée et de faire je ne savais quoi à cet homme dans l'entrepôt, je pouvais compter sur lui pour continuer. Pas parce qu'il m'appréciait, mais parce qu'il ne voulait pas autoriser sa mère à aller trop loin. J'aurais préféré qu'il le fasse pour mes beaux yeux, mais je pouvais me contenter de la véritable raison, tant que ça me rendait service.

Perdue dans mes pensées, je laissai le temps s'écouler. Puis je réalisai que je n'allais pas pouvoir rester ainsi toute la nuit et partis à la recherche de la salle de bain. Je n'étais pas certaine d'y trouver une brosse à dents, mais je ferais avec les moyens du bord.

Suivant les recommandations de Simon, je longeai le couloir et ouvris la porte de la dernière pièce à gauche.

Là, je fis face à un Simon en caleçon debout devant sa baie

vitrée et je dus prendre sur moi pour ne pas baver. À la place, je lâchai un petit son étranglé qui le fit se retourner.

— Valentine ?

Je sentis que mes yeux allaient se poser sur ses lèvres comme à leur habitude, mais pour le coup, ils décidèrent de contempler les courbes de son torse.

Mamamia, l'homme en lui-même était une œuvre d'art !

— Tout va bien ?

Il attrapa son tee-shirt sur le lit et l'enfila en une fraction de seconde, mais le mal était fait. Maintenant, j'allais l'imaginer dénudé chaque fois que j'allais le regarder.

— Je pensais trouver la salle de bain, lui assurai-je.

Il ne manquerait plus que Simon soupçonne que j'étais venue dans sa chambre de mon plein gré. J'allais passer pour qui ?

— C'est la dernière *à droite.*

Je m'excusai avec un sourire contrit, lançai un « bonne nuit » maladroit, et repartis à toute vitesse m'enfermer dans la pièce d'en face, qui était bel et bien une salle de bain.

Mon reflet dans le miroir rougissait comme jamais, et je lavai mon visage à grande eau pour essayer d'extirper de mon esprit l'image du corps de Simon. C'était se faire du mal pour rien ! Un peu comme regarder un gâteau au chocolat alors qu'on était au régime. C'était peut-être agréable sur le moment, mais après, on souffrait !

Pas de doute, il allait falloir que je me sorte de cette histoire rapidement, sinon, ça allait mal finir. Je ne devais pas succomber au charme de Simon, nous n'étions en rien compatibles, et il avait été clair sur ce qu'il pensait de moi. De plus, avoir une Marie Noël comme belle-mère, c'était hors de question !

CHAPITRE 14

Je n'étais pas certaine d'avoir dormi.

Je m'étais tournée et retournée dans le lit tellement de fois que j'avais eu l'impression d'être un rouleau à pâtisserie sur une pâte à tarte.

Pourtant, au matin, mes yeux eurent beaucoup de difficultés à se décoller quand ils entendirent du bruit de l'autre côté du mur.

Car oui, mes yeux pouvaient entendre. Chacun ses spécificités.

Je m'étirai et baillai à m'en décrocher la mâchoire. Puis je vérifiai si tout était comme la veille avant de me coucher. J'étais toujours en tee-shirt et en culotte, mes chaussures étaient posées au même endroit, et ma veste n'avait pas bougé du porte-manteau.

Peut-être que j'avais été sage !

Ragaillardie par cette pensée, je sautai de mon lit et enfilai mon pantalon. J'aurais pu me rendre dans le salon sans, histoire de nous mettre au même niveau de dévoilage, mais cela aurait sans doute été mal interprété.

Je trouvai Simon dans sa cuisine.

Il portait un tablier autour des hanches et, instantanément, je l'imaginai sans rien dessous.

— Bonjour, Valentine.

Que quelqu'un lui dise d'arrêter de m'appeler par mon prénom, c'était de la torture !

— Salut, grommelai-je.

J'allais vaincre mon attirance pour lui avec de la colère et de la mauvaise humeur. Ainsi, il serait à son tour désagréable, et j'aurais envie de lui en mettre une, et non de l'embrasser.

Meilleur plan.

— J'ai préparé des pancakes, annonça-t-il avec un sourire.

Comment vouliez-vous vous énerver contre quelqu'un proposant des pancakes au petit déjeuner ? Je souhaitai fort qu'ils soient healthy et qu'il les ait bourrés de flocons d'avoine et de trucs que je n'appréciais pas.

— J'espère que vous aimez la banane !

Un sourire au coin des lèvres, Simon paraissait de bonne humeur.

— Vous demandez ça à toutes les femmes que vous enfermez chez vous ? Ça fait pervers.

Quand il réalisa ce que je venais de dire, je vis son visage devenir tout blanc.

J'y étais peut-être allée un peu fort.

— Mais si ça peut vous rassurer, j'adooore la banane !

Bon sang, maintenant, c'était moi qui passais pour une perverse !

— Enfin, je veux dire, j'ai très très faim.

Quelqu'un pouvait-il me faire taire ?

Son impassibilité laissa place à un sourire moqueur.

Merveilleux, cette fois, il se foutait clairement de ma tronche !

— Vous êtes content de me laisser m'enliser dans ma honte ?

Il hocha la tête.

— Vous savez ce qu'on dit... les petits plaisirs de la vie !

J'avais envie de lui mettre un coup de fouet.

De cuisine, évidemment.

Je laissai Simon me servir. Il m'invita à m'asseoir sur une chaise de bar autour de l'îlot et me proposa de commencer à manger en attendant qu'il finisse.

— Je suis ravi de vous informer que vous n'avez pas tenté de vous échapper cette nuit ! entonna mon hôte.

Mes épaules se détendirent. Je ne m'étais pas rendu compte

à quel point cela me stressait avant qu'il ne me rassure.

— Tant mieux. Je dois contacter ma tante, j'espère qu'elle m'apprendra comment garder le contrôle de mon corps.

Il hocha la tête.

— Vous devriez rester ici. Si nous avons raison et que ma mère a ciblé votre maison et votre cabinet, vous serez plus en sécurité chez moi. Je dois travailler dans mon atelier ce matin, je ne vous dérangerai pas pendant votre appel.

— L'atelier du père Noël ? ironisai-je.

Simon sourit.

— Père, pas encore, mais un jour peut-être.

C'était tout ce que je lui souhaitais, si c'était ce qu'il désirait. Il avait l'air d'être calme et doux. J'étais persuadée qu'il ferait un super papa.

De mon côté, l'idée de créer une famille s'éloignait de plus en plus de moi. J'avais comme l'impression d'être destinée à vivre une existence de galère, que ce soit dans le boulot, les amours ou tout le reste.

— Pourquoi cet air tristounet sur votre visage ?

Je levai les yeux vers Simon.

— Pas assez de Nutella sur les pancakes.

Je n'allais certainement pas lui raconter mes peines. Nous ne nous connaissions pas assez pour ça. Et puis, je ne voulais pas lui faire pitié plus que ce n'était déjà le cas.

Je doutais qu'il me croie, mais il me passa tout de même la pâte à tartiner.

— Une fois que vous aurez avancé avec votre tante, je pense que nous devrions retourner à la maison dans laquelle vous avez tenté d'entrer par le conduit de cheminée.

Mes sourcils se haussèrent.

— Pourquoi ? Vous voulez vérifier si j'ai bien fait le ramonage ?

Il m'offrit une moue amusée.

Au moins, mon humour ne faisait pas totalement chou blanc.

— J'aimerais découvrir pourquoi ma mère s'intéressait particulièrement à cette maison. Je vous rappelle que c'était votre idée.

— C'est vrai. Mais comment allez-vous vous y prendre ? On regarde le nom sur la boîte aux lettres et on repart ?

Il me fit signe que non.

— Il doit y avoir quelque chose à l'intérieur qui affecte ma mère. Nous devons y pénétrer.

— Vous voulez prétexter une vérification du compteur électrique ?

Ce genre d'arnaque était à la mode, mais à force, tout le monde se méfiait. Je doutais qu'on nous laisse entrer aussi facilement.

— Je pensais tenter une effraction.

Ma bouche s'ouvrit sur un O silencieux.

— Ne faites pas cette tête d'innocente ! Je n'y crois pas un instant.

— Mais pour qui me prenez-vous ?

— Pour une fausse voyante ?

Ah ouais, on en était là.

Je croisai les bras et repoussai mon assiette de pancakes.

— Vous ne me connaissez pas. Vous savez de moi uniquement ce que vous voulez voir, et je trouve ça désolant.

Je me levai et retournai m'enfermer dans ma chambre comme si j'avais quatorze ans.

Décidément, rien ne se passait correctement !

J'attrapai mon téléphone dans la poche de ma veste et composai le numéro de Madette. Nous devions avoir une nouvelle conversation.

— Tu as réfléchi ?

Pas de bonjour, juste cette phrase pour entamer notre discussion.

— J'ai besoin de toi, Madette.

— Je m'en doute bien ! Qui d'autre pour t'expliquer la

manière dont fonctionne la projection astrale ?

— J'imagine, oui.

Une fois installée sur le lit, je lui avouai à quel point j'étais mal. À quel point le fait de me faire manipuler par quelqu'un me faisait peur.

— Malheureusement, cette personne a trouvé le meilleur moyen de te contrôler. Et après qu'elle y est parvenue, ton corps lui donne toute autorisation si elle souhaite recommencer. Cela va être long de la chasser, je ne peux te garantir que tu y arriveras rapidement, mais peut-être pourras-tu au moins demeurer consciente de tes actes en prenant pleinement possession de ton esprit.

J'avais presque l'impression qu'elle parlait une autre langue tellement je ne comprenais rien à ce qu'elle disait.

— Prendre possession de mon esprit ?

— Dans la projection astrale, l'esprit quitte le corps, m'expliqua ma tante. Le tien doit errer non loin de l'endroit où tu perds conscience. Il reste en sommeil. Tu vas devoir apprendre à l'éveiller pour en prendre le contrôle même en dehors de ton enveloppe charnelle.

Qui aurait cru qu'on aurait cette conversation et que je la prendrais au sérieux ? Certainement pas moi !

— Et je fais ça comment ? Je dois attendre de m'endormir ?

— Surtout pas ! Il est plus difficile de se tirer du sommeil ou de l'inconscient. Tu vas devoir essayer de sortir de ton corps en pleine journée, quand tu es bien réveillée.

Pour la forme, ce n'était pas vraiment le must, mais on allait faire avec.

— En gros, tu veux que je donne le feu vert à celle qui utilise mon corps ?

— C'est malheureusement un risque à prendre, il n'y a pas d'autres moyens.

Super. J'allais devoir demander à Simon de veiller sur moi. Vu comment s'était finie notre discussion, j'étais loin d'en avoir envie.

— Et après ? lançai-je.

— Je vais tout t'expliquer.

CHAPITRE 15

J'avais cherché Simon partout dans la maison, mais ne l'avait vu nulle part. J'avais fini par sortir dans le mignon petit jardin, à l'arrière de l'habitation. Vers la gauche se trouvait une dépendance, et les immenses portes de cette grange étaient ouvertes.

Tout en me demandant ce que j'allais bien pouvoir lui dire vu que mes nerfs étaient toujours un peu à vif, je m'approchai de l'entrée avant de pénétrer dans l'annexe. Là, je me retrouvai face à une tonne de bois. Du clair, du foncé, avec plus ou moins de nœuds, sous forme de planches, de rondins coupés ou tout simplement sous sa forme originelle, avec trois arbres allongés dans un coin.

Au fond, une verrière donnait sur une pièce qui semblait mieux isolée. Simon était en train d'y travailler. Je pris mon courage à deux mains et m'approchai avant de frapper à la vitre. Le sorcier sursauta, puis s'apaisa en me voyant. D'un signe, il m'indiqua de contourner le bâtiment par la droite.

L'entrée de son atelier était donc de l'autre côté. Je n'étais pas certaine de trouver cela très pratique, mais n'en fis pas la remarque, cela m'importait peu. Ce n'était pas ma maison ni mon boulot, après tout.

Quand je pénétrai dans son espace de travail, je pus observer à quel point il était ordonné. Si déjà cela se constatait dans sa demeure, ici, c'était flagrant. Pas un outil ne traînait en dehors de celui qu'il utilisait à cet instant. Les autres étaient accrochés au mur sur des grandes planches, en bois, bien évidemment.

Devant Simon se trouvait une immense poutre. Je me demandais d'ailleurs comment il avait pu faire pour la rentrer sans tout dégommer. Sans doute était-il plus délicat que moi.

— C'est une grosse poutre que vous avez là, lançai-je.

Amusé, son regard glissa sur moi.

— Ce n'était pas... Laissez tomber !

Quel esprit mal tourné, franchement !

Je vis qu'il faisait son maximum pour retenir un sourire.

— Je vais devoir rester à côté de vous.

— Devoir ? demanda-t-il, perplexe.

Je m'avançai et pris place dans un coin libre, assise en tailleur sur le sol.

— Il me faut apprendre la projection astrale. Madette m'a donné des recommandations. Seulement, je prends le risque d'offrir mon corps en pâture à votre chère maman.

— Madette ? s'enquit-il.

— Votre mère s'appelle Marie Noël, vous voulez vraiment qu'on fasse un concours ? lâchai-je.

Il leva les mains et reprit le travail sur sa poutre. Enfin, travail... Avec sa lime, il ne faisait pas plus que moi avec mes ongles.

Je fermai les yeux. Juger, c'était mal, mais surtout, je n'avais pas de temps à perdre. Puis je me remémorai les paroles de ma tante.

D'abord, je devais me détendre. Ça, c'était plus facile à dire qu'à faire, il fallait en convenir. Je tentai de poser ma respiration, de gonfler mon ventre et de souffler longuement par la bouche. Au fil des minutes, je me sentis moins tendue, je partis donc du principe que j'avais passé la première étape.

Ensuite, je devais reproduire dans mon esprit l'image de la pièce dans laquelle je me trouvais avec le plus d'exactitude possible. OK, pour le coup, je n'étais pas certaine d'être très bonne. J'aurais dû prendre plus de temps pour observer les lieux.

J'ouvris un œil, le glissai partout pour atterrir sur un Simon qui se mordait les lèvres de concentration, avant de le refermer. Puis je repris l'étape une, car je n'étais plus du tout détendue.

Ce manège dura longtemps. Du moins, ce fut mon impression. Il était difficile pour moi de lâcher du lest sur mes angoisses, je le savais. Je finis même par me demander si je pourrais réellement apprendre à me contrôler en étant ainsi parasitée par mes pensées.

Après un soupir, j'ouvris les yeux.

— Un problème ? s'enquit Simon.

— Je n'y arrive pas, déclarai-je en me levant.

— Peut-être vous faut-il plus de temps.

Madette m'avait prévenue qu'il était peu probable que j'y parvienne les premières fois, mais, tout de même, ça m'agaçait.

— Vous allez faire quoi, avec cette poutre ?

Le corps nu d'une femme.

Je laissai passer quelques secondes avant de dire :

— Vous êtes si désespéré que ça ?

— Je ne suis pas désespéré. C'est une commande.

— Ah. Dans ce cas... Je suis certaine que vous allez envoyer du bois !

J'étais assez fière de ma vanne.

— Eh bien, répondit-il, je touche du bois pour que ce soit le cas.

Oh ! Il avait attrapé la balle pour me la renvoyer ! Joli !

Après un demi-sourire, il m'offrit un regard d'excuse.

— Je suis désolé pour tout à l'heure. Vous avez raison, nous ne nous connaissons pas. Je sais à quel point il est mal de juger les gens aussi vite, je n'aurais pas dû le faire.

Ce serait mentir que de dire que je n'appréciais pas ses paroles. Pourtant, à part un bref hochement de tête, je ne parvins pas à lui répondre.

Simon reprit son boulot. Je l'observai de longues minutes avec attention. La concentration dont il faisait preuve m'impressionnait. Il regardait ce bois comme si c'était un problème de mathématiques. Puis, après quelques vérifications, une lueur malicieuse apparut dans ses prunelles. Était-ce cela, avoir la passion de son métier ?

Je décidai de le laisser tranquille et de repartir dans une tentative de projection astrale. Après m'être assise de nouveau sur le sol, je lançai à Simon :

— N'empêche, faites gaffe aux chèques en bois.

Ses yeux ne se détachèrent pas de son poste de travail, mais ses lèvres se retroussèrent.

— Et vous, montrez de quel bois vous vous chauffez à cette projection astrale.

C'était qu'il n'était pas mauvais, en plus !

Amusée, je fermai les paupières et me rendis compte que j'étais dans un meilleur état d'esprit. Le fait que notre relation s'améliore jouait-il sur mon humeur ? Sans doute. Était-ce une bonne chose ? Certainement pas.

Néanmoins, j'envoyai toutes ses pensées valser au loin et me concentrai sur mon but initial : trouver une solution pour que Marie arrête de bousiller ma vie.

Détente et visualisation. Une fois ces deux choses faites venait une phase des plus compliquées, enfin, elles l'étaient toutes, mais celle-ci me posait véritablement problème, car je ne savais pas comment m'y prendre. Je devais envoyer des vibrations dans mon corps. J'ignorais comment je pouvais réaliser un pareil exploit, mais Madette disait que cela fonctionnait. Bien évidemment, je ne devais pas bouger. Les vibrations devaient être énergétiques et provenir de mon intérieur. Je tentai de croire que j'étais un Nokia 3310 et que le monde entier essayait de m'appeler, mais cela ne produisit guère de résultats. Cette façon de faire n'était définitivement pas pour moi.

Une autre méthode consistait à grimper à la corde. Quelle corde ? Où ? Comment ? Pourquoi ? J'avais posé toutes ces questions à ma tante. Je ne voyais pas le rapport entre *Ninja Warrior* et la projection astrale, mais elle avait fini par m'expliquer que je devais m'imaginer une corde invisible accrochée au plafond. Cette corde servait à exercer une traction psychique. Autrement dit, en y grimpant, je pourrais séparer mon corps de mon mental.

Je tentai donc de visualiser cette fameuse corde et envoyai au loin l'envie de m'y pendre pour mettre un terme à tout ça plus rapidement, puis je l'attrapai à deux mains dans mon esprit, tandis que mes paumes restaient en réalité posées sur mes genoux.

Ensuite, je tirai pour m'y hisser.

Et là, ce fut le drame.

L'envie de vomir qui me percuta fut tellement violente que je me sentis vraiment mal. D'un autre côté, ma tête tangua comme si je m'étais trouvée sur un bateau, alors que mon corps, lui, n'avait pas bougé d'un pouce.

C'était déstabilisant, désagréable et franchement flippant, il fallait le dire !

J'eus envie de repartir en arrière, de me rasseoir, d'ouvrir les yeux et d'aller me coucher. Mais je pensai à tout ce qui pouvait m'arriver, au mal que Marie pouvait faire à cause de moi, et je serrai les mains sur la corde.

Je ne me laisserais pas faire par cette mégère !

Je priai mon estomac de s'accrocher, ma tête de garder le cap, et je me hissai une nouvelle fois. La sensation fut atroce, mais vu que j'y étais préparée, je sus conserver mon calme.

Une fois debout, j'observai tout autour de moi et je vis mon corps assis sur le sol.

Nom d'un chien !

J'étais sortie de mon corps ! Mon esprit était parti en balade tandis que mon enveloppe charnelle restait là, assise, à respirer profondément, quand bien même personne n'y résidait.

C'était affreux !

Me contempler ainsi me rendait malade. J'étais un Kinder Surprise vide !

Je tentai de recouvrer mon calme. Il fallait que je me détende et que je voie le côté positif, j'y étais parvenue ! C'était mon but ! La manière dont cela devait se passer ! Je n'avais qu'à regarder ailleurs, et tout irait bien.

L'atelier de Simon était légèrement différent. Si les choses étaient à leur place, leurs couleurs n'avaient pas la même intensité. Moi-même, je ne me voyais pas comme d'habitude. Et quand mon attention se porta vers le sol, je remarquai une lumière qui partait de mon esprit et se rendait jusqu'à mon corps.

La corde d'argent.

Madette m'en avait parlé. C'était cette corde qui maintenait liées les deux parties de moi. Tant qu'elle restait intacte, je pouvais retrouver ma place.

Après une brève inspiration, je m'approchai de Simon. Le sorcier était toujours concentré sur son bois. Je pris le temps d'observer son visage, la manière dont ses yeux se plissaient, la façon dont il penchait la tête quand il réfléchissait.

Puis, sans que je m'y attende, son regard atterrit sur moi. La moi assise dans un coin. Il m'analysa avec autant d'attention qu'il en avait donné à sa poutre. Et si, comme lui, je pouvais me voir, je me demandai ce qu'il en pensait.

Ma main s'approcha de la sienne, posée sur son établi. D'abord, je passai à travers.

Il se tendit et retint son souffle.

Vu qu'il avait relevé ses manches, je pus aviser les frissons qui recouvraient la peau de ses avant-bras. Il sentait ma présence.

Ses yeux parcouraient mon corps qu'il ne pouvait voir.

— Valentine ?

Qui d'autre voulait-il que cela soit ?

Je profitai encore un instant de ce moment. Avant de retirer ma main. Mon contact devait lui être désagréable. Ma présence, invisible, le mettait sans doute mal à l'aise.

Pourtant, le sourire qui éclaira son visage fut tout sauf ennuyé.

J'eus envie d'essayer de le toucher réellement. Pouvais-je y parvenir ? Madette m'avait expliqué que c'était possible, mais que ça demandait une énergie immense.

Le temps s'étira alors que ma concentration était à son maximum. Quand je me sentis prête, je reposai ma main sur celle de Simon. Tout à coup, il lâcha :

— Vous y êtes arrivée !

Je souris à mon tour.

J'y étais arrivée !

CHAPITRE 16

Et puis, après, j'avais vomi sur le sol de l'atelier. Longuement.

Le mal de tête qui avait accompagné mes haut-le-cœur me donnait l'impression d'avoir dix personnes jouant du tambour dans ma boîte crânienne. Simon m'avait aidée à retourner dans sa maison, car je peinais à mettre un pied devant l'autre. Il m'avait escortée jusqu'au canapé et m'avait fourni une bassine, histoire que j'évite de vomir sur ses coussins. Pour l'instant, j'étais trop mal pour avoir honte de m'être montrée dans cet état, et encore plus d'avoir laissé le contenu de mon estomac dans son espace de travail. Néanmoins, j'étais persuadée que la gêne m'envahirait tôt ou tard.

J'avais dû finir par m'endormir à un moment donné, car je me réveillai. Seul problème, je n'y voyais plus rien. Étais-je une nouvelle fois dans un conduit de cheminée ? Rien n'était moins sûr. Je tentai de bouger, mais sentis que mes mains étaient attachées dans mon dos. Une douleur lancinante remontait mes bras, et une peur vive serra mes entrailles.

Qu'est-ce que Marie avait encore fait de moi ?

— Valentine ?

La voix de Simon fut comme un baume sur une blessure. Apaisant et réconfortant.

— Qu'est-ce qui m'arrive ?

Mon ton laissait percer mon inquiétude. J'entendis bouger autour de moi. Un instant plus tard, Simon me rendait la vue.

D'abord, je plissai les yeux face à la lumière du jour. Puis je pus apercevoir le sorcier avec mon écharpe à la main. Son expression était indéchiffrable.

Je tentai de m'avancer vers lui, mais échouai. Mon attention glissa sur mon corps attaché par d'épaisses cordes à un poteau de son auvent.

— J'imagine que je l'ai mérité, déclarai-je.

Ses mâchoires étaient serrées, ses yeux sombres, il m'en voulait.

— Je suis désolée, prononçai-je.

Son masque de colère tomba tandis qu'il plongeait son regard dans le mien. Il replaça une mèche de mes cheveux derrière mon oreille avant de libérer sa magie. Celle-ci me relâcha en quelques secondes.

— Vous n'avez pas à vous excuser. Vous êtes la victime, dans cette histoire. C'est moi qui suis désolé que ma mère se comporte ainsi.

C'était contre elle qu'il était en colère. Marie était en train de perdre beaucoup de points auprès de son fils.

— Vu comment je me réveille, j'en conclus qu'elle a encore tenté quelque chose.

Il confirma.

— J'étais dans la cuisine quand je vous ai vue vous lever du canapé. À la manière dont vous avez observé la pièce et à votre façon de vous mouvoir, j'ai tout de suite compris que ce n'était plus vous. Je vous ai donc attaquée par-derrière pour utiliser l'effet de surprise. Ma mère s'est cependant défendue, toutes griffes dehors.

D'un doigt, il me montra sa joue blessée. J'avisai mes mains, du sang séché se trouvait sous mes ongles. Un frisson remonta le long de mon dos.

— J'ai tout de même réussi à prendre le dessus. Sa magie était présente mais instable, ça m'a donné l'occasion de la mettre hors d'état de nuire. J'ai préféré vous ôter la vue au cas où elle reviendrait. Sans sa vision, elle aurait eu des difficultés à s'échapper.

Des tremblements secouaient mon corps. Depuis le départ, je n'aimais pas savoir que quelqu'un m'utilisait pour faire tout et n'importe quoi. Mais plus le temps passait, plus je me sentais mal, et le fait de ne rien pouvoir faire pour empêcher cela me déprimait.

— Vraisemblablement, je n'ai pas pu contrôler ma projection astrale...

Je pensais avoir réglé tous mes problèmes en réussissant à sortir de mon corps dans l'atelier. Mais si la mère de Simon avait repris ma place, c'était que, cette fois-ci, j'avais échoué.

— Cessez de croire que c'est votre faute, me dit Simon.

Et pourtant, même si je savais que c'était Marie la coupable, je ne pouvais m'empêcher de me sentir responsable de ne pas pouvoir stopper ça tout de suite.

— Vous avez raison, finis-je par dire, on va devoir entrer dans cette maison.

Tant pis si on se faisait prendre sur le fait ou si on était arrêtés. J'étais en train de perdre le contrôle de ma propre vie, et il était hors de question que je laisse passer ça.

Simon se mit à veiller sur moi comme une mère sur son petit. Il avait d'abord refusé de reprendre le travail et j'avais dû promettre de l'accompagner pour qu'il y retourne. Seulement, la concentration n'y était pas. Ses yeux se posaient plus souvent sur moi que sur son projet en cours. Cela aurait pu me faire plaisir dans d'autres circonstances, mais vu son inquiétude, ça me gênait plus qu'autre chose.

La fatigue m'assommait. Je sentais que je pouvais m'endormir à n'importe quel moment, mais mon instinct de survie faisait tout pour que ça n'arrive pas. Ma crainte était plus lourde que le poids de mes paupières. Elle me maintenait éveillée en m'envoyant une multitude de pensées effrayantes.

Simon cuisina pour moi.

C'était la première fois qu'un homme me préparait à manger. La preuve que je devais vraiment faire peur à voir.

Après un bon repas, chaud et réconfortant, je me sentis bien mieux. J'aurais pu faire une sieste, bien évidemment, mais je fis valser cette pensée au loin. Encore attablé, Simon finit par m'interroger sur ma vie.

— Avez-vous toujours tenu ce cabinet en ville ?

Il avait choisi ses mots avec soin et n'avait pas parlé d'arnaque. Je le remerciai intérieurement pour cela.

— Non, ça fait juste un an. Je crois que, n'ayant pas trouvé chaussure à mon pied, j'ai cherché un moyen facile de survivre.

— L'est-ce réellement ?

Je haussai les épaules.

— J'ai fait des études de psychologie magique. En utilisant mes aptitudes, ma logique et mon écoute, il n'est pas très compliqué de dire aux gens ce qui risque de leur arriver, ou bien ce qu'ils veulent entendre.

— Psychologie magique ?

Il semblait surpris.

— Quoi ? Vous ne pensiez pas que j'étais assez futée pour faire des études ?

J'avais choisi la facilité, mais cela ne faisait pas de moi quelqu'un de faible d'esprit, même si parfois je devais lutter pour m'en convaincre.

— Non, je suis juste étonné que vous en soyez là avec un tel bagage.

— Croyez-moi, je pourrais avoir dix mille valises que cela ne changerait rien. Il y a trop de gens comme moi, et pas assez de boulot. La plupart du temps, les enfants de sorciers influents sont embauchés en premier. Du moins, c'est le cas dans mon clan. Et dès qu'il s'agit d'aller dans un autre...

— Le clan passe en premier, devina-t-il.

— Exactement. Je n'étais pas dans le bon clan ou pas assez riche, à vous de voir.

— Et la psychologie lambda ?

— Notre magie les perturbe. Ça les égare, ils sont moins

conscients de la réalité. Dans un cabinet de voyance, je peux mettre ça sur le dos de l'occulte, des forces supérieures ou de tout ce que vous voulez. En tant que psychologue, je risque uniquement de rendre mes clients encore plus fragiles qu'à leur arrivée. Ça ne serait pas leur rendre service, et ça ne me ferait pas une bonne presse. Bref, il n'y a rien à y gagner.

— Vous semblez y avoir longuement réfléchi.

J'avalai une gorgée d'eau.

— Mon choix d'ouvrir ce cabinet de médium n'a pas été fait à la légère. Seulement, à presque trente ans, vivre encore chez ses parents sans pouvoir aider à payer les charges comme les courses, l'eau ou l'électricité, c'est difficile à accepter. J'en avais marre d'être un boulet à leurs chevilles. Ils ne disaient rien, ne s'en seraient jamais plaints, mais il n'empêche que le jour où je leur ai appris que je déménageais, car j'avais trouvé du travail, j'ai vu un tel soulagement en eux que j'ai compris que c'était une bonne décision.

Du moins, je l'ai cru un moment...

— Vous avez fait ce que vous pensiez être le mieux, me rassura Simon.

— Peut-être, mais aujourd'hui, je n'apprécie pas vraiment le résultat.

Enfin, ce n'était pas tant un problème jusqu'à ce que je fasse sa rencontre. Jusque-là, j'étais parvenue assez facilement à enterrer ma culpabilité, car personne n'était au courant de la supercherie. Affronter le jugement était difficile. Mais j'avais beau dire que tout cela ne me plaisait pas, je n'avais pour autant pas de plan de secours.

— Parfois, la vie met des obstacles sur notre chemin. Des épreuves que nous devons franchir pour atteindre nos buts.

— D'accord, mais jusqu'ici, je pense que j'ai assez galéré, elle est où ma récompense ?

— Je suis persuadé qu'elle finira par vous tomber dessus.

Ouais… Avec la chance que j'avais, elle me tuerait sur place !

CHAPITRE 17

Nous étions de retour sur le lieu du crime.

L'endroit où j'aurais pu cramer si quelqu'un avait eu un peu froid.

Debout, côte à côte, de l'autre côté de la route menant à la maison, Simon et moi tentions de deviner si quelqu'un était présent en cette nuit glaciale. Nous avions attendu qu'il soit deux heures du matin en nous disant qu'au moins, s'il y avait quelqu'un, il serait en plein sommeil.

Ainsi, sous la lumière du réverbère, j'avais l'impression d'être McGonagall au début de *Harry Potter*. Seulement Hagrid n'allait pas débarquer sur sa moto pour m'emporter à Poudlard.

— Il y a une voiture, dit-il.

— Bien vu, Sherlock.

La remorque avec les sapins avait disparu. Une bonne raison de ne plus monter sur le toit. Bien que je fusse certaine de pouvoir en trouver facilement une dizaine de plus sans souci !

— On s'y prend comment, d'après vous ? demanda Simon.

— Je n'en sais rien, ce n'est pas tous les jours que je rentre comme ça chez quelqu'un sans y avoir été invitée.

— Figurez-vous que moi non plus, c'est bien pour ça que je vous pose la question.

Décidément, à nous deux, on n'irait pas bien loin.

— Et si vous utilisiez la projection astrale ? proposa-t-il.

— J'y ai pensé. En soi, ça me permettrait de rentrer en toute discrétion. Sauf que ça laisse aussi le champ libre à votre mère pour prendre le contrôle de mon corps. Et vu qu'elle souhaitait entrer dans cette maison, je trouve cela bien trop risqué.

— Vous avez raison.

— C'est souvent le cas.

Son regard appuyé sur moi me fit tourner la tête vers lui.

— Quoi ? Je suis une personne honnête !

Non, le fait de mentir sur mes dons de médiumnité ne comptait pas !

— On a qu'à rentrer discrètement et improviser, proposai-je. De toute manière, si on croise quelqu'un, il nous suffira d'utiliser notre magie.

— Et s'il y a des caméras ?

Un rire secoua ma poitrine.

— On n'est pas dans une série policière, personne n'a de caméra dans la vraie vie !

— Moi, j'en ai. Mes parents aussi.

Évidemment.

— Très bien, je modifie, personne, en dehors des gens friqués, n'a de caméra chez lui ! lançai-je.

— Je pense que vous avez tort.

— N'étions-nous pas d'accord sur le fait que j'avais toujours raison ? m'agaçai-je.

Ce n'était pas possible, ça, il fallait constamment qu'il essaie de me contrarier !

— Vous savez quoi, monsieur le complotiste ? Ce sera votre mission de vérifier que les politiciens ne nous observent pas du haut de leur tour d'ivoire pendant que je fouille.

Il soupira.

— Vous mélangez vraiment tout. Vous êtes certaine que vous mangez assez d'antioxydants ? Car vous racontez quand même pas mal de choses hors contexte.

J'allais lui en refiler, du hors contexte !

Lassée par cette discussion, je traversai la route sans même contrôler si Simon était sur mes talons. Cela ne servait à rien de continuer à parler avec lui, nous avions plus important à faire.

Sans le vouloir, mes yeux cherchèrent une quelconque

caméra sous le porche. Voilà, il m'avait refilé ses craintes en un rien de temps ! Plus contagieux que la covid !

— La prochaine fois, mettez un masque, peut-être que ça empêchera vos pensées stupides de pénétrer mon cerveau ! pestai-je en me retournant.

Je libérai ma magie et lui intimai d'ouvrir la porte. Elle se faufila dans la serrure, et cela prit quelques instants à peine pour que l'on entende un cliquetis. La main sur la poignée, je fus la première à entrer.

Le salon était plongé dans les ténèbres. Je récupérai mon téléphone et allumai la torche.

— Vous parlez d'une discrétion, murmura Simon.

— Aux dernières nouvelles, je n'ai pas été dotée d'une vision infrarouge !

Qu'est-ce qu'il pouvait être agaçant quand il s'y mettait, décidément !

— Parlez moins fort ! chuchota-t-il.

Mais on pouvait ne pas discuter du tout, et je m'en porterais tout aussi bien !

J'avançai dans la pièce et commençai à regarder ce qui traînait sur la table. Un livre, une paire de lunettes et des comprimés anti-inflammatoires. La personne qui vivait ici devait souffrir de douleurs. Était-ce dû à des rhumatismes ? Une maladie ? Une blessure ?

Je poursuivis mes recherches et avisai la photographie accrochée au mur. Il mettait en avant une femme approchant la cinquantaine, accompagnée de deux enfants. Un garçon et une fille qui devaient avoir seulement une dizaine d'années. Étaient-ils plus âgés, à présent ? Tout dépendait de quand datait le cliché. Mais, d'après la statue que je distinguais à l'arrière et qui avait été installée six mois plus tôt, c'était récent.

Étaient-ce ses enfants ? Ses petits-enfants ? Vu leur regard lumineux, j'avais du mal à croire qu'ils n'étaient pas de la même famille. De plus, il y avait un pot à crayons fabriqué par des mains innocentes sur le bureau, un peu plus loin. Je m'en approchai et attrapai le prospectus qui reposait sur le dessus d'une pile de papiers.

<u>*Concours de maisons en pain d'épices*</u>
Activité à faire en famille uniquement !
Grands-parents, parents, oncles, tantes et enfants, vous êtes tous conviés au grand concours de maisons en pain d'épices de cette fin d'année !
Le gagnant se verra attribuer une coupe, ainsi qu'un séjour à la montagne !

En dessous se trouvait sans doute le bulletin d'inscription avant qu'il ne soit découpé. Mes yeux glissèrent un peu plus haut et avisèrent une coupe qui reposait sur une étagère. Sur la plaque était noté qu'ils avaient été les vainqueurs de l'année dernière.

— Simon ! soufflai-je.

Je me retournai, mais il était déjà dans mon dos et je fis un bond de deux mètres.

— Qu'est-ce que vous avez trouvé ?

Je lui montrai le prospectus du concours.

— Marie aimerait participer ? Peut-être souhaite-t-elle venir ici pour voler le coupon d'inscription ? Ça lui laisse plus de chance si elle se débarrasse des gagnants de l'année dernière.

Enfin, pour le coup, ça aurait été moi qui m'en serais dépêtrée sans le vouloir.

— Je n'ai pas de frère ni de sœur, ma mère n'a pas de petits-enfants, donc je ne vois pas pourquoi elle désirerait faire ça.

Parce qu'elle était folle ?

Je le pensais réellement, mais je ne souhaitais pas blesser Simon, alors je me tus.

— Embarquons ça, dis-je en mettant le papier du concours dans ma poche, et continuons nos recherches.

Mais on eut beau fouiner, rien d'intéressant ne nous sauta aux yeux. À moins que Marie ait des griefs contre la femme qui habitait là et que cela n'ait aucun rapport avec Noël.

— Ça a forcément un rapport, me répondit Simon après que j'eus émis l'idée. Ça a toujours un rapport avec Noël.

Je soupirai.

— Sortons d'ici, murmurai-je.

— Hors de question que vous bougiez, j'ai déjà appelé la police !

Ah. C'était marrant comme la poisse me collait à la peau...

CHAPITRE 18

Mon cœur fit un bond en entendant la voix féminine en provenance des escaliers. La propriétaire demeurait sur la première marche à partir du bas et tenait dans sa main un chandelier.

— Elle croit qu'elle va faire peur à qui avec ça ? Au colonel Moutarde ?

— Valentine !

Si l'on ne pouvait même plus rire pour détendre l'atmosphère…

— Qu'est-ce que vous me voulez ? lâcha l'inconnue. Il n'y a pas d'argent, ici, rien de valeur !

Si c'était vrai, on avait encore une ligne à rayer sur notre liste des « Pourquoi Marie Noël a-t-elle fait descendre Valentine dans une cheminée pour pénétrer dans cette maison ». Oui, c'était beaucoup trop long, il allait nous falloir un autre titre…

— Nous nous sommes trompés de maison, déclara Simon, nous allons partir.

Nous nous sommes trompés de maison ? C'était ça, son excuse ? « Désolée, madame, en fait, on voulait cambrioler votre voisine ! Pas de bol, on s'est plantés de rue. Ahahah, quelle drôle d'histoire, hein ! ».

— Vous n'irez nulle part, j'ai un *taser,* et je n'aurai pas peur de m'en servir.

Comment avait-elle fait pour se prodiguer une telle arme alors qu'il était interdit aux particuliers d'en posséder ? Décidément, l'habit ne faisait pas le moine. Surtout que les moines ne se trimballaient pas en pyjamas cent pour cent flanelle. J'avisai ses chaussons. Ils avaient l'air tout doux, et deux pompons pendaient de chaque côté.

— Trop belles, vos pantoufles ! Vous les avez achetées où ?

— Valentine !

Non, mais quel empêcheur de tourner en rond !

— Vous n'avez pas honte de lui donner mon prénom alors qu'elle a appelé la police et qu'elle peut le leur révéler, SIMON !

Ah bah, oui, tant qu'à être dans les ennuis, autant y être ensemble !

Je vis son visage devenir tout rouge malgré le peu de lumière dans la pièce et, l'instant d'après, sa magie émana de lui.

— Vous allez faire quoi ? M'empêcher de parler ?

— Si seulement !

Sa magie s'approcha de la propriétaire. Celle-ci commença à tanguer sur ses jambes.

— Arrêtez ça ! m'exclamai-je.

Vu son traitement, elle avait des problèmes de santé. Elle n'avait pas besoin de tomber et de se blesser à cause de nous.

— Vous préférez la prison ?

Je lui fis signe de se taire et lâchai ma propre magie avant de m'avancer doucement vers la femme.

— Madame, comment vous sentez-vous ?

Ma phrase ne serait qu'un écho parmi la brume de ses pensées embrouillées. Je laissai remonter mon pouvoir dans son dos par un maigre filet. Délicatement.

— Il y a eu une odeur de gaz. Nous nous sommes inquiétés pour vous. Vous ne répondiez pas à nos coups à la porte.

Bon, maintenant, il allait falloir péter une conduite de gaz...

Ma magie pénétra son esprit avec douceur. Elle le caressa comme on câline son chat. Le mental était fragile, encore plus chez les lambdas, et nous n'avions pas le droit de le briser.

— Nous avons dû défoncer votre porte pour être certains que tout allait bien, ajoutai-je.

J'entendis Simon ronchonner alors qu'il se dirigeait vers la porte. Voilà qu'il devait faire des dégâts. Oui, bon, c'était mieux que la taule !

— Du gaz ? s'enquit la propriétaire, fébrile.

— Oui, nous pensons que le gel est en cause. Il faut dire qu'il fait très froid, en ce moment.

Ma voix n'avait jamais été aussi douce. Lentement, je posai ma main sur l'avant-bras de la femme. Mes yeux cherchèrent les siens tandis que, derrière moi, j'entendais un craquement. La porte venait de prendre un coup.

— Vous vous sentez bien ? Nous ne voulions pas vous effrayer. Souhaitez-vous qu'on appelle quelqu'un de votre famille ?

Je culpabilisais de la laisser ainsi après notre départ. Elle serait déboussolée un moment.

— J'ai déjà téléphoné à quelqu'un. Enfin, je crois...

L'avait-elle réellement fait ou était-ce destiné à nous faire peur ? La voiture qui se gara devant la maison me fit comprendre qu'elle avait sauté le pas.

— Valentine.

Cette fois, la voix de Simon avait pris une intonation ennuyée.

— Ne vous inquiétez pas, je m'en charge.

Je souris à la propriétaire et évacuai ma magie de son esprit.

— Heureusement, je crois que la police vient d'arriver ! m'exclamai-je.

Sans me départir de ma bonne humeur, je me dirigeai vers la porte.

Une femme et un homme vêtus d'uniformes entrèrent dans la maison, les bras sur les hanches, très près de leurs armes de service.

— On a été appelés pour une effraction.

Unc cffraction ! Tout de suite les grands mots !

La femme devait avoir la quarantaine. Avec ses cheveux

bouclés à la teinte caramel et ses yeux de la même couleur, elle était mignonne comme tout. Mais dès que son regard se posa sur moi, je compris que j'avais affaire à un caractère de chien. Son collègue, blond, grand et fin paraissait plus nonchalant. C'était son attention que je devais tenter de capter.

— C'est totalement notre faute ! dis-je d'une voix un peu trop aiguë pour être naturelle. Nous avons senti une odeur de gaz en nous baladant pour rentrer chez nous. Nous avions l'impression qu'elle venait de cette maison. Nous avons frappé à la porte, mais personne n'a répondu. Là, Arthurus s'est échappé, j'ai essayé de courir derrière tandis que Simon continuait à taper au battant.

— Arthurus ? s'enquit le policier.

— Notre chien ! C'est un bouvier bernois. Aussi gros que grand, mais doux comme un agneau. Dieu seul sait où il est parti…

Je tentai d'ajouter un peu d'angoisse dans ma voix.

— Pourquoi avez-vous défoncé cette porte ? se contenta de demander la policière.

OK, elle n'avait pas de pitié pour mon faux chien perdu, super ! Cœur de pierre, va !

— Entre l'inquiétude pour notre chien qui a pris la poudre d'escampette et l'urgence de cette fuite de gaz, Simon a cru bon d'enfoncer la porte pour vérifier si personne n'était en danger.

Je sentis l'intéressé se tendre. C'était le moment de libérer lentement ma magie. Les policiers, tout comme les pompiers ou les médecins, étaient plus difficiles à manipuler. Je m'étais toujours dit que c'était une question de vocation. Ils avaient tellement dans le sang la volonté d'aider les gens qu'il n'était pas évident de leur enlever cette idée de la tête. Du coup, au lieu de la supprimer, il me suffisait de la modifier.

— Ne sentez-vous pas l'odeur de gaz ? demandai-je à la

femme tout en pénétrant son esprit.

C'était elle que je devais convaincre. Son collègue suivrait, je le savais, j'aurais pu en mettre ma main à couper.

La policière fronça le nez.

— Oui, fit-elle. Effectivement, ça sent le gaz !

Dieu soit loué !

— Je dois sortir d'ici ! fit la propriétaire.

Ni une ni deux, elle disparut dans le jardin avec son chandelier sous le bras et ses belles pantoufles. Les policiers la talonnèrent. Talkie-walkie à la main, la femme demanda de l'aide.

Je me dirigeai vers son collègue et m'enquis :

— Dites-moi, est-ce qu'on peut partir à la recherche de notre chien, maintenant ?

CHAPITRE 19

Alors que nous redescendions la rue, je sentis que Simon me fixait du regard.

— Quoi ? lâchai-je.

Allait-il encore me râler dessus pour me dire que j'étais folle ? Me balancer que j'avais fait n'importe quoi ?

— Vous m'avez impressionné.

Surprise, je me tournai vers lui pour vérifier que je ne venais pas d'halluciner.

— Pardon ?

— Vous m'avez impressionné, répéta-t-il. Peu de personnes peuvent se vanter de manipuler aussi bien l'esprit des lambdas. La plupart des sorciers, moi y compris, se contentent de les plonger dans des pensées vaporeuses. Là, vous avez su modifier la situation en notre faveur sans faire de mal à personne. C'était très intéressant à voir.

Je ne montrai rien, mais j'étais touchée. C'était agréable de me sentir valorisée. Je ne me souvenais pas de la dernière fois où cela m'était arrivé.

— Mes études y sont pour beaucoup, me contentai-je de répondre.

— Eh bien, c'est dommage de ne pas vous servir d'un tel talent.

Je haussai les épaules.

— Si vous voulez me pistonner, n'hésitez pas.

Il sourit à ma blague avant de déclarer :

— Vous pensez qu'il est où ?

— Qui donc ?

— Arthurus ?

Je ricanai.

— Je suis presque triste qu'il n'existe pas ! J'adore les énormes chiens. C'est super pour faire des câlins.

Un homme aussi, ça serait pas mal, mais au moins, Arthurus ne laisserait pas la lunette des toilettes relevée. À chacun ses priorités, dans la vie.

Simon attrapa son téléphone et commença à pianoter dessus.

— Dites-le si je vous dérange, surtout, râlai-je.

— Je regarde s'il y a plus d'informations au sujet du concours sur le site de la mairie.

D'accord, si c'était pour ça, je pouvais cesser de faire la tête.

Soudain, il s'arrêta net.

— Le concours est demain après-midi !

Était-ce une bonne ou une mauvaise nouvelle ? Je n'en savais rien.

— Au moins, on trouvera peut-être rapidement une réponse sur l'implication de votre mère dans cette histoire.

— Mais pour cela, il faut s'y rendre. Le mieux serait même de participer.

Mes yeux s'écarquillèrent.

— Avec qui ? Vous-même, vous avez dit que vous n'aviez ni neveu ni nièce. Il n'y en a pas non plus dans ma famille et aux dernières nouvelles, ça ne se loue pas à Kiloutou !

Preuve qu'ils ne louaient pas vraiment tout, d'ailleurs.

— Je suis certain qu'on peut trouver ça d'ici demain après-midi, fit-il.

— Ça ? Vous êtes au courant qu'on ne parle pas d'une bouteille de vin ou d'une baguette de pain ?

Son front se plissa.

— Pourquoi du vin et du pain en particulier ?

— « Buvez, ceci est mon sang, mangez, ceci est... ma baguette. »

Je ris avant d'ajouter :

— « Tu es un sorcier, Harry ».

— Ça va beaucoup trop vite dans votre tête, Valentine.

Sa remarque n'entama pas ma bonne humeur.

— Donc, où comptez-vous trouver des enfants ?

— J'ai des amis. Il me suffit de leur proposer de leur offrir un peu de liberté, je suis certain qu'ils seront très heureux de me rendre ce service.

Vu comme ça...

— Et les enfants, ils sont comment ?

— Oh, adorables, vous verrez !

C'était marrant comme la définition du mot « adorable » n'était pas la même d'une personne à une autre ! Est-ce que cela venait d'un problème de dictionnaire ? D'un professeur qui avait mal appris les bases ? Je n'en savais rien, mais clairement, j'en payais le prix.

— À l'attaque !

Je n'eus pas le temps de dire quoi que ce soit que les deux garçons, âgés de huit et dix ans, étaient déjà en train d'entourer mes jambes avec du papier toilette.

— Qu'ils sont mignons, ironisai-je.

Ils étaient là depuis moins de quinze minutes, et le salon de Simon était dans un état lamentable. Bizarrement, cela n'eut pas l'air de le perturber. Une tache de coca sur le tapis d'un blanc immaculé ? Ce n'était pas grave. Un coup de compas dans le canapé ? Ça se recoud. Entre nous, qui laissait ses gosses se balader avec un compas à la main ? N'était-ce pas comme donner un couteau pointu à un assassin en lui disant « surtout, tu l'utilises juste pour tartiner tes biscottes » ? Ça n'avait strictement aucun sens.

— Les enfants, vous êtes sages avec tonton Simon !

Lisa, la maman des deux diables aux cheveux blonds semblait heureuse comme jamais. Apparemment, la proposition de son ami tombait à pic ! Il lui restait quelques courses de Noël à effectuer et, sans ses progénitures, ça serait bien plus facile. Ça alors, qu'est-ce que c'était étonnant !

— Oui, M'man ! hurlèrent lesdits gamins en me dessinant quelque chose à l'arrière du pantalon.

À quel moment pouvais-je leur crier dessus ?

— Valentine, j'ai été très heureuse de vous rencontrer. Cela fait plaisir de savoir que Simon a enfin trouvé l'amour !

Ma bouche s'ouvrit pour rétorquer qu'il n'en était rien, mais Simon la poussa vers la sortie.

— Allez, amuse-toi bien, Lisa. Tu pourras venir les chercher en fin d'après-midi !

Puis il claqua la porte derrière elle.

— Alors comme ça, vous avez trouvé l'amour ? lançai-je.

— Vous vouliez que je lui dise quoi ? Que j'allais garder ses garçons avec une quasi-inconnue qui tient un cabinet de voyance, mais qui est souvent contrôlée par ma folle de mère pendant qu'elle fait de la projection astrale ?

— Dit comme ça, c'est certain que ça ne vend pas du rêve, grimaçai-je.

Mais je remarquai tout de même qu'il avait traité sa mère de folle, il y avait du progrès.

— Les garçons, que diriez-vous de participer à un concours de maisons en pain d'épices ? prononça Simon.

On aurait pu s'attendre à des exclamations de joie, à des sauts ou même à des câlins, mais, à la place, on a eu droit à :

— On préfère les sablés.

Entre nous, j'étais d'accord avec eux, mais pour le coup, ça n'allait pas nous arranger.

— Je suis certaine que tonton Simon vous emmènera manger quelque chose pour le goûter après le concours.

Ce dernier m'offrit un sourire en coin.

La nuit précédente, nous avions parlé un petit moment avant de nous endormir tous les deux dans le salon. Moi sur le canapé, lui dans son fauteuil. J'étais assez sûre que j'avais rendu les armes avant lui, mais qu'il n'avait pas osé me réveiller et était resté pour vérifier que je ne fasse pas de bêtises.

Au matin, j'avais pu observer son visage alors qu'il était encore dans les bras de Morphée. Attendrie, je m'étais surprise à ressentir l'envie de me pelotonner contre lui. Heureusement, il avait ouvert les yeux avant que mes pensées n'aillent plus loin.

Les enfants finirent par accepter de participer au concours. Dans la voiture, ils chantèrent *Petit papa Noël* tellement faux que j'eus l'impression de faire une rupture d'anévrisme, ou peut-être le souhaitai-je très fort, au choix. En tout cas, mon mal de crâne s'intensifia et, si je ne dis rien à Simon, je commençai tout de même à m'inquiéter.

Une fois arrivée à destination, je ne pus m'empêcher de lâcher une expression de surprise. Le concours se déroulait dans une bâtisse magnifique. La lumière y régnait en maîtresse grâce à ses baies vitrées sur chaque mur. Et, au milieu de l'immense salle dans laquelle nous venions d'entrer, de multiples plans de travail formaient des lignes. Sur chacun d'entre eux se trouvaient le matériel et les ingrédients nécessaires pour préparer le pain d'épices. En gros, j'avais l'impression de me retrouver plongée dans une émission du *Meilleur Pâtissier* !

— Mazette, on ne se refuse rien dans ce bled, soufflai-je.

Une dame assez âgée nous rejoignit pour nous demander nos noms. Évidemment, nous n'étions pas inscrits.

Simon tenta de jouer l'homme honnête. Il expliqua que ses neveux rêvaient de participer, mais qu'il avait oublié de remplir le bulletin. La femme lui offrit un sourire hypocrite et se contenta de lui dire que l'année prochaine, il devrait essayer de ne pas refaire cette erreur, car pour cette édition, c'était mort.

— Vous ne pouvez vraiment rien faire ? insista Simon. Les pauvres, ils vont être très tristes.

— Vous n'aviez qu'à penser à eux et les inscrire !

Mais... quelle vieille bique !

Simon ne se départit pas de son sourire, mais je sentis qu'il était bien moins sincère.

— Est-ce que ça change réellement quelque chose d'ajouter quelques participants ?

— Tout à fait, il y a le nombre exact de postes de travail, nous ne pouvons pas en inventer plus pour vos beaux yeux, monsieur !

Il avait de beaux yeux, elle avait raison sur ce point.

Un homme nous rejoignit.

— Les Durand ne pourront pas venir. La grand-mère a glissé dans la douche. Son coccyx a pris cher.

— Merveilleux ! lançai-je.

Vu les regards des autres, ce n'était pas ce qu'il fallait dire. *Remballe ton sourire, Valentine.*

— Ce que ma compagne veut dire, c'est que, du coup, il y a une place pour nous.

Compagne... Bizarrement, mon cœur s'enthousiasma à ces paroles. Ce traître n'avait pas conscience que ce n'était que du cinéma.

La vieille dame nous observa un instant avant de déclarer :

— C'est toujours non.

Puis elle s'en alla sans un mot de plus.

— Cette vieille est à vomir ! lâchai-je.

— Valentine, pensez aux enfants, me réprimanda Simon.

— Quoi ? Je suis désolée, mais elle est plus proche de la fin que du début de sa vie. Les gosses ne sont pas aveugles, ils l'ont bien vu !

Je regardai le désespoir envahir ses yeux tandis que les deux garnements se mettaient à pouffer de rire. Mon mal de tête s'intensifia. Je tentai de le rejeter au loin et m'approchai de Simon.

— Et si on demandait au duo d'enfer d'aller lui faire peur ? Une petite crise cardiaque, et le tour est joué !

— Si cela devait arriver, je pense que le concours serait annulé.

Et dans ce cas-là, on ne découvrirait peut-être pas ce que Marie souhaitait faire ici. Quoique, même en y participant, je ne voyais pas où ça allait nous mener.

— Non, le plus simple serait que vous fassiez votre truc sur elle, dit-il

Mon truc ?

Il me montra son crâne du doigt. Simon désirait que je la manipule pour qu'elle nous laisse concourir.

Intérieurement, je grimaçai. Il ne savait pas que je souffrais, donc je ne pouvais pas lui en vouloir de proposer cela, car c'était sans doute la meilleure chose à faire. Pour autant, l'idée même de devoir utiliser ma magie et de dépenser de l'énergie et de la concentration dans les minutes qui suivaient ne me tentait pas du tout.

— Très bien, dis-je tout de même, contrite.

J'avançai vers la vieille bique. J'étais presque parvenue devant elle quand je fus prise d'un vertige. Je dus me rattraper à une table. Pourvu que personne n'ait rien vu.

— Qu'est-ce qui vous arrive ? s'enquit-elle.

Au moins, elle ouvrait la conversation. Il ne me restait plus qu'à faire ce que je faisais de mieux. Lentement, je libérai ma magie pour la convaincre de nous laisser participer. Quelques minutes après, la douleur explosa dans ma tête.

De là où il était, Simon devait croire que tout se passait bien.

Il ne savait pas que c'était tout l'inverse.

Il ne savait pas que sa mère avait pris ma place.

CHAPITRE 20

Clairement, je l'avais senti venir.

Tellement que j'avais hésité à en parler à Simon. Mais j'étais certaine qu'il aurait voulu tout arrêter pour rentrer me mettre en sécurité, sans doute attachée quelque part. Seulement, je ne souhaitais pas que ça arrive. J'avais besoin d'obtenir des réponses. J'avais envie que toute cette histoire se finisse ! Et pour cela, je devais comprendre ce que cherchait à faire Marie Noël.

Du coup, j'avais tiré la corde.

Au sens projection astrale du terme !

Sentant que la mère de Simon allait bientôt prendre mon contrôle, je décidai d'abandonner mon corps. J'espérais ainsi parvenir à rester sur les lieux au moins en esprit. Et j'étais très fière de moi d'avoir réussi !

Ce fut de cette manière que je me découvris en train de tourner sur moi-même et de regarder où j'étais. Mes yeux se posèrent sur mes cheveux. Bon sang, il allait falloir que j'aille me faire couper les pointes !

Simon attrapa les enfants et se rapprocha de moi, enfin de sa mère... enfin, vous voyez !

— Alors, on peut participer ?

Marie cligna des paupières comme pour se laisser le temps de comprendre la situation. Son fils était là. Sans doute se demandait-elle pourquoi, et moi, je me frottais les mains d'avoir pour une fois un coup d'avance sur elle.

— Oui, se contenta-t-elle de dire.

Coup de bol, elle avait une chance sur deux !

Les enfants crièrent de joie, et Marie les regarda avec scepticisme avant de sembler chercher quelqu'un d'autre dans la salle.

Ahah ! Je sentais qu'on s'approchait d'un indice !

Tous les quatre, ils partirent s'installer à un poste de travail. Marie attacha un tablier autour de mes hanches, et je grimaçai.

Il fallait vraiment que je perde quelques kilos, tout s'était mis là. Et sur mes cuisses. Et sur mes fesses. Et sur... bref, je devais arrêter les chocolats chauds.

Bientôt, tous les participants furent à leur place. Les organisateurs se tinrent au milieu de tout ce beau monde et lâchèrent un chouette baratin sur le concours. Pendant qu'ils parlaient, j'observai nos concurrents. En tout, onze familles nous faisaient face. Nous nommerions les premiers « les hérissons », tout simplement, car le père et ce que j'imaginais être ses deux fils portaient une coupe de cheveux qui ne méritait aucun autre qualificatif. Les seconds étaient un duo d'adolescentes d'environ quinze ou seize ans. L'une avait le regard braqué sur son téléphone pour bien montrer qu'elle avait été traînée là de force, tandis que la seconde écoutait les organisateurs comme si sa vie même était en jeu. Ensuite venait une mère accompagnée de son garçon de treize ans et de sa fille qui devait à peine en avoir trois. Cette dernière avait déjà le visage recouvert de farine. Et elle n'avait pas fini d'en faire des vertes et des pas mûres, à mon humble avis. Le quatrième groupe était constitué d'un homme et de sa progéniture d'environ sept ans. Tous les deux avaient les mains sur les hanches et le sourire aux lèvres. Leurs échanges de regards complices m'attendrirent, c'était beau à voir. Ensuite venait tout un tas d'équipes composées de grands-mères et de leurs petits-enfants. Parmi eux, les gagnants de l'année dernière, c'est-à-dire la propriétaire de la maison de la nuit précédente et ses deux petits-enfants. Evidemment, elle avait froncé les sourcils en nous voyant ici. Mais, trop absorbée par ce qui allait suivre, elle n'avait prononcé aucune parole.

Les organisateurs lancèrent le top départ. Tout le monde se mit au travail, Simon donnait des recommandations aux garçons en leur demandant d'amener ceci ou cela. Les deux monstres obéirent sans faire de vague pour le moment. Marie, quant à elle, observait les alentours, en pleine réflexion.

Une bouffée de colère m'envahit. Savoir qu'on me piquait mon corps était une chose, le voir de mes yeux m'emplissait de rage. Le jour où je ferais face à cette femme... Je ne pouvais pas promettre de rester calme !

Ce fut là qu'une idée me vint. Certes, elle avait volé ma place, mais rien ne m'empêchait de lui mener la vie dure.

J'approchai de mon groupe et me faufilai entre Simon et sa mère. S'il m'avait observée un peu plus longtemps, j'étais certaine qu'il aurait deviné que je n'étais plus moi-même. Malheureusement, il était totalement focalisé sur les enfants, et je ne pouvais pas lui en vouloir pour ça.

— C'est parti pour la recette ! finit-il par dire.

Il saisit les ingrédients et un saladier. Le regard de Marie se concentra de nouveau sur son fils. Tout à coup, elle tiqua.

— Il faut faire chauffer le miel, voyons !

Ben oui, voyons ! Qui ne le savait pas ? Moi ? Tout à fait !

— Oh, lâcha Simon. D'accord.

Il attrapa une casserole et vida une bonne partie du miel à l'intérieur sous l'œil empli de jugement de sa maman.

— Maintenant, tu dois tamiser ta farine, lui dit-elle.

Tamiquoi ?

Simon fronça les sourcils, lui non plus ne devait pas connaître ce terme. Pourtant, il effectua des gestes contrôlés, comme s'il avait fait ça toute sa vie. Une chose était certaine, il l'avait fait plus que moi, en tout cas.

Tandis qu'il mettait la main à la pâte, Marie reprit son observation. Quel était le groupe pour lequel elle était venue ? Le duo d'adolescentes ? Les hérissons ? Et si jamais c'était madame chandelier qu'elle visait personnellement ? Après tout, elle avait tenté de descendre dans sa cheminée !

Mais j'avais beau la contempler, ses yeux ne se posèrent à aucun moment sur ces gens. En vérité, ils ne se posaient jamais assez longtemps sur quelqu'un pour que j'en déduise quoi que ce soit. À croire qu'elle le faisait exprès !

Agacée, je puisai dans mon énergie pour lui pincer le bras.

Elle poussa un petit cri tandis que, de mon côté, je sentais la fatigue me tomber dessus.

Alerté, Simon lui offrit une expression perplexe.

— Un point de côté, répondit-elle.

Un point de côté ? Alors qu'elle était debout à ne rien faire à part gâcher ma vie ? Sérieusement ? Elle pensait vraiment qu'il allait la prendre au sérieux ?

— Je vois, fit Simon.

Comment ça, il voyait ? Il voyait quoi, exactement ? Il n'y avait pas grand-chose à voir en dehors du fait que sa mère n'avait rien à faire ici !

Je me rapprochai de Simon et posai ma main dans son dos, mais celle-ci lui passa au travers. Bon sang, pourquoi ça ne fonctionnait plus ? De rage, je poussai l'un des garçons sur son frère. Ni une, ni deux, ils tombèrent tous les deux à terre. Ah, comme quoi, avec un peu de colère, tout était plus facile. Seul problème, de mon côté, je faillis aussi perdre mon équilibre à cause de l'épuisement qui m'envahit soudain.

— Les enfants, s'il vous plaît, faites moins de chahut ! les réprimanda Simon.

D'accord, cette fois, j'en avais marre ! Je devais récupérer mon corps et dégager l'esprit de Marie. De toute manière, je n'arrivais pas à comprendre ce qu'elle faisait là !

Ce fut pile au moment où j'allais tenter quelque chose qu'elle se tourna et prétexta devoir se rendre au petit coin. Ce n'était qu'une excuse. Je le savais, car j'avais fait pipi avant de partir, et ma vessie était loin d'être pleine. Quelle menteuse, cette Marie ! Elle contourna son fils et les garçons, puis passa à côté d'un autre groupe. Là, elle trébucha et tomba sur le plan de travail. Dans sa chute, elle avait renversé toute la préparation pour le pain d'épices.

Ma main dissimula ma bouche ouverte. Sur le sol était étalé le fruit du dur labeur des adolescentes. Si la première parut s'en ficher, la seconde me regarda comme si j'étais celle qui s'était mise entre Selena Gomez et Justin Bieber.

— Je ne vous le pardonnerai jamais ! hurla-t-elle avant de partir en courant.

Sa sœur ou sa copine, qu'en savais-je, haussa les épaules et s'en alla à son tour.

Ma poitrine se serra. En plus d'avoir rendu cette fille triste comme pas possible, elle l'avait fait sous ma peau ! C'était moi que cette adolescente allait détester pour toujours !

Marie s'excusa sur un ton qui ne paraissait clairement pas honnête, vu le sourire qu'elle arborait, et elle alla se réfugier un instant dans les toilettes. Vraisemblablement, elle était déjà venue. Avait-elle participé à ce concours auparavant ? Voulait-elle juste gagner ?

Non, il me manquait une information.

Dans la glace, je regardai le reflet de mon corps contrôlé par une autre. Mon esprit, lui, était invisible. La pièce était décorée aux couleurs de Noël. Un casse-noisette était installé entre les deux lavabos tandis qu'une guirlande était suspendue au-dessus du miroir. Une odeur de cannelle flottait dans l'air et apportait une touche agréable. J'avais presque envie de me poser ici pour faire un petit goûter.

On disait quoi du régime, Valentine ?

Soudain, la porte s'ouvrit. Simon apparut avec sa magie libérée, et celle-ci enfla. Son regard menaçant était braqué sur la seule personne visible à ses yeux.

— Maman, tu vas devoir arrêter ce cinéma tout de suite.

Ah bah, voilà ! Il était temps !

Un coup de magie, et elle serait hors d'état de nuire. Du moins, pour un moment. J'espérai que Simon finirait par faire entendre à sa mère qu'elle agissait n'importe comment. Était-ce un vœu pieux ?

— Ça n'arrivera pas.

Bon, au moins on ne pouvait pas dire qu'elle ménageait son suspense.

La chose à laquelle je ne m'attendais pas, en revanche, ce fut de voir de la magie s'évader de mon corps. Quoique... Était-ce la sienne ou la mienne ?

— Je ne te laisserai pas m'arrêter, prévint-elle. Je suis désolée.

Alors que Simon lançait son attaque, Marie en fit de même.

J'aurais voulu savoir qui avait pris le dessus, mais mon esprit sombra dans le néant.

CHAPITRE 21

Le réveil fut difficile et douloureux. Un peu comme un lendemain de cuite. On regrette ce qui s'est passé, on se demande comment ça a fini, et on touche le sol d'une main pour vérifier qu'on n'a pas encore vomi.

J'ouvris un œil. J'étais allongée sur le carrelage froid des toilettes. Mes paupières se plissèrent, je cherchai la présence de quelqu'un d'autre, mais j'étais seule.

Où était Simon ?

— Simon ?

J'entendis un « tac-tac » et me relevai en position assise. Mon mal de crâne était bien là, et il m'empêchait d'avoir les idées claires.

Tac-tac.

Bon sang, qu'est-ce que c'était que ce bruit agaçant ?

Je me frottai le visage pour tenter de me donner du courage et me levai. Le sorcier était forcément quelque part. Peut-être avait-il rejoint les enfants. Après tout, il ne pouvait pas vraiment se permettre de les laisser seuls ! M'enfin, de là à m'abandonner ici inanimée, cela m'étonnait de lui...

Je m'étirai un coup et essayai de faire abstraction de mon immense fatigue pour revenir dans le concours.

Tac-tac.

Je me retournai vivement. Quelque chose ne tournait pas rond. Ce bruit agaçant qui me tapait sur les nerfs n'était pas présent, tout à l'heure.

— Simon ?

Tac-tac.

Mes sourcils se froncèrent tandis que je m'approchais lentement d'une porte. Qui pouvait dire ce que j'allais découvrir derrière ? Mon cœur me martelant la poitrine, je poussai le battant.

Rien.

Enfin, rien à part une cuvette, en tout cas.

Je recommençai ce manège par trois fois et fus obligée de constater que j'étais bel et bien seule.

Le bruit récidiva pourtant. Je tendis l'oreille et me rapprochai de son origine. Le miroir !

Une seconde, j'analysai mon reflet et croisai mon regard fatigué. Une bonne nuit de sommeil, voilà ce qu'il me fallait.

Tac-tac.

Mes yeux glissèrent plus bas et se figèrent sur le casse-noisettes. Il était vêtu de noir et de rouge et portait dans sa main un bâton en bois. Sur sa tête était posé un grand chapeau haut de forme et au-dessus de sa bouche trônait une moustache. Bref, un casse-noisettes comme un autre. Sauf que celui-ci ouvrait et fermait la mâchoire, créant ce tac-tac très agaçant.

J'attrapai l'objet, puis j'entendis comme un cri au loin.

OK. Je perdais la boule, je ne voyais pas d'autre explication.

Je reposai le casse-noisettes un peu brusquement sur le meuble. Là, un nouveau hurlement, plus audible, m'interpella.

Perplexe, j'abaissai mon visage jusqu'à me retrouver face à celui du soldat de Noël.

— Qu'est-ce qui se passe avec toi ?

Y avait-il un mécanisme qui faisait bouger l'engin ? Un truc qui partait en cacahuète ?

Tac-tac, la bouche claqua. Dans l'interstice, je crus voir quelque chose. J'approchai encore un peu mon regard avant de pousser une exclamation choquée.

— Simon ?

Enfin, un mini Simon. Du genre modèle réduit, très réduit.

— Que faites-vous à l'intérieur de ce casse-noisettes ?

Et pourquoi était-il plus petit que mon pouce ?

Sa bouche remua à vive allure, mais je n'entendis aucun son en jaillir.

— Stop ! Je ne comprends rien, ça ne sert à rien de vous fatiguer.

Cette fois, j'approchai mon oreille de la bouche du soldat de bois.

— Allez-y, l'invitai-je.

Le nom de sa mère me parvint. Je soupirai.

— Oui, je me doutais bien que vous n'étiez pas arrivé là tout seul, figurez-vous ! Je vous avoue cependant que je ne sais pas comment elle s'y est prise.

Et donc j'ignorais comment retourner en arrière...

— Rentrons à la maison, décidai-je. On sera plus au calme pour réfléchir à tout ça.

Tac-tac !

Était-ce un assentiment ? J'allais partir du principe que oui !

Casse-noisettes sous le bras, je m'échappai des toilettes, encore un peu vaseuse, et m'engageai vers la sortie.

Tac-tac !

Tac-tac !

Tac-tac !

— Quoi ? m'agaçai-je en parlant plus fort que je ne l'aurais dû.

Là, tous les regards se posèrent sur nous. Dont ceux des deux garçons qui nous avaient accompagnés.

Mince, j'avais failli oublier les gosses !

— Riri et Fifi, on y va !

En effet, j'avais totalement omis leurs prénoms. Heureusement pour moi, ils comprirent que c'était à eux que je parlais et me rejoignirent en courant, tout en embarquant le sac de Simon. Bien sages !

— Et le concours ? s'offusqua la vieille dame. Comment

osez-vous partir ainsi ?

— J'ai un casse-noisettes à sauver, je ne peux pas tout faire !

Une fois dans la voiture, les garçons demandèrent où se trouvait Simon.

— Il a eu une urgence.

— Une urgence ?

Je n'eus pas l'impression qu'ils étaient inquiets. Plutôt intrigués.

Alors que je démarrais cette voiture qui n'était pas la mienne, je répondis :

— Vous connaissez Batman ?

Assis à l'arrière, ils hochèrent la tête.

— Eh bien, on n'a jamais vu Simon et Batman en même temps. Je ne sais pas vous, mais moi, ça me fait me poser des questions.

Les chuchotements allèrent bon train entre les deux garçons tandis que je reculais avec attention le tank de Simon. Quand la roue se prit le trottoir, j'entendis : tac-tac !

— Vous, ne commencez pas ! m'agaçai-je.

Je vis les visages des petits devenir tout blanc.

— Ce n'est rien, les rassurai-je, c'est le casse-noisettes qui me cherche.

Clairement, mon explication n'aida en rien.

— Il me semble vous avoir promis un goûter, non ?

— Oui ! hurlèrent-ils en cœur.

Tac-tac !

À coup sûr, il se plaignait !

— Je vous emmène chez Cathy ! Vous allez voir, vous allez adorer !

Le trajet se déroula dans un certain calme. Sur le fauteuil passager à mes côtés, le casse-noisettes ne faisait pas un bruit. Je me demandais comment se sentait Simon. Se faire traiter ainsi par sa propre mère... ça la foutait mal, quand même !

Nous arrivâmes assez rapidement au café. Les enfants étaient tout excités de pouvoir choisir ce qu'ils voulaient sur la carte. J'espérai qu'aucun d'entre eux n'était allergique au lactose, sinon leur mère allait passer un sale quart d'heure.

Au moment de nous servir, Cathy posa ses yeux sur les gamins avec perplexité.

— Tu les as récupérés où, ces deux charmants garçons ?

— Ils étaient en vente sur Leboncoin. Je me suis dit que ce serait pratique pour toucher les allocations familiales.

Ma blague fit un bide et je soupirai.

— Ce sont les fils d'une amie de Simon.

Cette fois, un sourire pointa le bout de son nez sur son doux visage.

— Oh, Simon, hein ?

Je lui fis les gros yeux, sentant le poids du regard du casse-noisettes que j'avais déposé sur la table.

— Il te plaît, pas vrai ? ajouta-t-elle d'une voix malicieuse.

— Je ne vois pas de quoi tu parles.

— Je commence à te connaître, Valentine ! Tu ne laisses pas grand monde t'approcher, mais peut-être que cette fois, il serait bien de garder la porte ouverte.

Si elle apprenait que je vivais carrément chez lui depuis deux jours, elle comprendrait que c'était plus qu'une histoire de porte entre nous.

— Je pense que tu interprètes mal, me contentai-je de répondre.

Je ne lui plaisais pas. Que l'inverse ne soit pas vrai n'avait pas d'importance. Nul besoin de me taper l'affiche !

— Tu le trouves moche ? s'enquit-elle.

— Ne sois pas stupide ! Les garçons, vous avez choisi ?

Que cette conversation se finisse rapidement avant que les vestiges de ma dignité disparaissent.

— Alors, quoi ? Tu les préfères moins gentils ? Je sais que c'est attirant, les *bad boys*, mais même si c'est sympa au lit, pour la vie quotidienne, rien de mieux qu'un type comme Simon !

Que quelqu'un me tue tout de suite !

— On va prendre une gaufre au Nutella et une crêpe au sucre, lâcha l'un des garçons.

— Parfait !

Je récupérai les cartes et les fourrai dans les mains de Cathy.

— Et toi ? me demanda-t-elle.

— De l'eau, ça ira très bien, merci.

Sa ride du lion regagna sa place entre ses yeux.

— J'insiste, ajoutai-je.

Je devais arrêter d'avaler n'importe quoi. Me réconforter avec du sucre, ça marchait un temps, mais ce n'était pas forcément bon pour la santé, j'en avais conscience.

Cathy secoua la tête et lança :

— Tu files un mauvais coton, ma Valentine, c'est moi qui te le dis !

Ça, elle ne savait pas à quel point.

CHAPITRE 22

Après le goûter, nous retournâmes chez Simon. Je laissai les enfants continuer leur désordre monumental jusqu'à ce que leur mère vienne les chercher. Forcément, elle me demanda où se trouvait Simon. Je lui expliquai qu'il avait eu un problème avec sa génitrice. Pour le coup, rien n'était plus vrai ! Inquiète, elle finit par me dire qu'elle l'appellerait plus tard et me remercia de m'être occupée de sa progéniture. Les deux garçons me firent un câlin avant de partir. Je devais avouer que je n'avais pas détesté notre moment ensemble. Peut-être même qu'un jour je me souviendrais de leurs prénoms.

Une fois seule, j'allai récupérer Simon dans son piège de bois.

— Une idée de la manière dont je vous sors de là ?

J'approchai mon oreille de l'objet.

Un unique mot me parvint. « Briser ».

— Vraiment ? lançai-je, perplexe. C'est marrant, moi, j'aurais agi plus prudemment, mais si vous pensez que c'est la meilleure solution…

J'inspirai un bon coup et balançai le casse-noisettes avec violence vers le sol. Là, une fumée magique apparut, puis laissa place à un Simon grandeur nature.

— Abracadabra, lançai-je, satisfaite.

Mais l'expression du sorcier était tout sauf heureuse.

— Qu'est-ce qui vous arrive ? Vous avez laissé quelque chose dans le soldat ? Vous avez la gueule de bois ? ricanai-je.

Car le casse-noisettes était en bois et qu'il était ébéniste, donc… Bref ! Passons.

— Il faut briser le sort, clama-t-il. BRISER LE SORT !

Ah.

Peut-être avais-je mal interprété ses paroles, en effet.

— Le principal, c'est que ça a fonctionné, non ?

Son visage resta aussi rouge que son ancien costume. Je ris à nouveau.

— Valentine !

Sa colère ne fit qu'accroître ma crise d'hilarité, et je dus m'asseoir sur le canapé.

— Vous êtes vraiment...

Heureusement pour moi et pour lui, il ne finit jamais sa phrase.

— Ce n'est pas à moi que vous devez en vouloir, lui dis-je, une fois calmée, mais à votre mère.

— Oh, ça, je le sais, ne vous en faites pas.

J'observai son expression peinée et me radoucis.

— Peut-être n'a-t-elle pas fait exprès ?

Simon me regarda.

— On n'enferme pas quelqu'un par mégarde dans un casse-noisettes, Valentine.

— Laissons-lui le bénéfice du doute.

— Car vous la défendez, maintenant ? lança-t-il, un peu choqué.

Non, c'était loin d'être le cas. Mais Simon me faisait de la peine, et si considérer que sa mère n'était pas aussi folle que la réalité le démontrait pouvait apaiser sa tristesse, cela ne me dérangeait pas. Du moins, pas autant que je l'aurais pensé.

— Je crois que vous aviez raison depuis le début, ma mère n'a plus toute sa tête.

D'un geste, je l'invitai à s'asseoir près de moi, sur le canapé.

— Vous êtes choqué et je le comprends parfaitement, mais n'allez pas trop vite en besogne. Car figurez-vous que, de mon côté, je pense que c'est vous qui aviez raison.

Son visage sceptique me fit sourire.

— Au concours de pain d'épices, Marie s'est montrée grandement observatrice et elle réfléchissait avant d'agir. Elle est venue dans un but précis. Et vu son comportement envers les autres équipes, c'était soit gagner, soit juste tout gâcher.

— Mais pourquoi ? s'exclama Simon.

— Ça, je ne le sais pas encore.

Quelque chose nous échappait forcément. Nous devions tout reprendre depuis le début et marcher dans ses pas.

— Tout a commencé avec les sucres d'orge, pas vrai ?

Simon hocha la tête.

— Pour cette année, oui.

— Qu'en a-t-elle fait ? Je veux dire, même si mon appartement est envahi de sapins, je n'ai pas vu le moindre sucre d'orge.

À son expression, je compris qu'il n'en avait aucune idée.

— Et les sapins ? demandai-je.

— Quoi, les sapins ?

— Elle a dû se rendre chez un vendeur spécialisé, et quelqu'un a dû l'aider à remonter tout ça dans mon appartement, elle n'a pas pu s'y coller toute seule !

À moins qu'elle n'ait utilisé la magie, mais quand bien même, tout cela ne rentrait pas dans ma voiture, et je n'y avais découvert aucune aiguille de sapin. Juste ce foutu bonhomme de neige gonflable.

— De la décoration, des bonbons, un faux père Noël... On dirait presque qu'elle organise quelque chose, lâchai-je en réfléchissant tout haut.

— Le meilleur moyen de me faire craquer ? se désespéra Simon.

Je sentais que je tenais quelque chose, mais je ne parvenais pas à trouver le lien avec le concours de maison en pain d'épices.

— Sortons d'ici ! décrétai-je.

Sans perdre de temps, je me levai. Ma motivation sembla

épuiser d'avance le sorcier.

— Je ne pense pas que cela soit une bonne idée. En réalité, j'étais en train de me dire que vous enfermer dans ma cave jusqu'au Nouvel An n'était pas un si mauvais plan.

Si je comprenais ses raisons, j'étais loin très loin d'être intéressée par sa proposition.

— Votre mère se sert de moi, et je ne compte pas demeurer là sans rien faire, Simon. Alors, vous pouvez soit décider de rester ici à broyer du noir, soit m'accompagner pour m'empêcher de faire de grosses bêtises si votre maman s'en prend à moi.

Je connaissais d'avance sa réponse. Cathy avait raison, c'était un homme bien.

Sans un mot, il se leva et alla chercher ses clés.

— Je vous préviens, je conduis.

S'était-il rendu compte que j'avais frôlé le trottoir avec sa voiture ? Sûrement.

— Faites donc, j'aime avoir un chauffeur, ça me donne l'impression d'être une star.

Il haussa les yeux au ciel et nous sortîmes pour rejoindre son véhicule.

— Où allons-nous ?

— Interroger tous les vendeurs de sapins des environs.

Il me fixa du regard.

— Je ne sais pas où se trouvent les vendeurs de sapin, Valentine.

— Heureusement que je suis là, du coup !

J'avais dû en acheter un pour mon appart et un deuxième pour mon cabinet. Bien évidemment, avant même d'en voir en magasin, j'avais déjà en tête leur taille, leur forme et leur allure... Pour être certaine de dénicher les élus de mon cœur, j'avais noté tous les endroits qui commercialisaient des sapins de Noël. Finalement, j'avais trouvé mon bonheur dès le premier, mais j'étais ravie de constater que ma liste allait tout de même être utile.

— Je ne sais pas si je dois être soulagé ou légèrement désespéré par vos connaissances en la matière, fit Simon.

J'attrapai mon téléphone et accédai à mes notes.

— C'est parti pour la pépinière numéro 1 !

CHAPITRE 23

Nous n'avions rien trouvé dans cette pépinière. Les gens sur place n'étaient au courant de rien, et cela aurait sûrement été le cas s'ils avaient vendu autant d'arbres à une seule femme. Dans la seconde, les choses se passèrent différemment. Pas parce que nous y découvrîmes des réponses, non, mais parce que j'y dégotai le sapin parfait pour la maison de Simon.

— Non, me dit-il.

J'eus beau lui expliquer que son salon était triste à en mourir et que sa décoration aurait pu faire chialer un moine tibétain, il ne lâcha rien.

— Je comprends, répondis-je.

Après tout, si ses Noëls se passaient toujours ainsi à cause de sa mère, j'en aurais ras le bonnet, moi aussi !

Simon avait semblé rassuré jusqu'à ce que je me dirige vers la caisse.

— Que faites-vous ?

— J'achète un sapin.

— Vous n'en avez pas assez ?

Très drôle.

— C'est pour chez nous, lui expliquai-je.

— Que n'avez-vous pas compris dans « non » ?

Mes mains sur les hanches, je pris une expression ferme.

— Je suis obligée de résider chez vous à cause de votre mère. Me forcer à vivre dans cette ambiance froide comme une nuit d'hiver en haut de l'Everest est tout à fait inacceptable. J'invoque donc la loi 25-12 sur Noël.

Il ravala un sourire.

— Cette loi n'existe pas, Valentine.

— Prouvez-le-moi. Après tout, vous faites partie de la grande lignée des Noël !

Je me détournai avant qu'il ne puisse dire quoi que ce soit. Instaurer un peu de magie chez lui était la mission que je m'étais donnée. Sa mère n'avait pas le droit de tout gâcher.

Tandis que je sortais ma carte bancaire, prête à payer la vendeuse avec le sourire, Simon me devança.

— C'est ma décision, protestai-je.

— C'est mon salon, rétorqua-t-il.

Il ne me laissa de toute manière pas le choix et paya le sapin que j'avais choisi avant de l'installer dans la voiture.

Nous poursuivîmes nos recherches dans le magasin suivant.

Car si les commerçants n'avaient aucune idée de qui était Marie, ils avaient cependant des rayons de déco aussi éblouissants que hors de prix.

— Simon, j'ai trouvé votre frère caché !

Alors qu'il me rejoignait, je lui montrai d'un doigt le casse-noisettes grandeur nature qui me faisait face.

Le sorcier m'offrit une moue réprobatrice.

— Ça vous fait rire ?

Tellement !

— Ne faites pas la tête, vous aviez un plus beau sourire !

Il se contenta de me le prouver en dévoilant ses dents parfaites, et j'eus une nouvelle fois une intense envie de l'embrasser. Bon sang, le sort lancé sur ce gui allait-il me poursuivre encore longtemps ?

Nous déambulâmes dans les rayons. À un moment donné, Simon s'arrêta devant des boules de Noël en verre. À l'intérieur se trouvaient des reproductions miniatures de villages sous la neige.

— C'est très joli, bien que fragile, lâchai-je.

— Un peu comme vous.

Mon cœur rata un battement tandis que mes yeux se posaient sur Simon. C'était bien un compliment, je n'avais pas rêvé ?

Il sourit et attrapa une boule.

— Je la prends !

Et moi ? Il ne voulait pas me prendre, moi ? En tout bien tout honneur, bien entendu.

Tais-toi, Valentine !

Bouche fermée à double tour, je le suivis dans les rayons et, bien vite, je l'invitai à acheter des guirlandes, des boules colorées et des décorations en tout genre.

— Il serait sans doute mieux de ne pas exagérer, suggéra-t-il.

Nous nous contentâmes donc d'acquérir ce qu'il fallait pour orner le sapin. Rien de plus, rien de moins.

Puis, une fois que tout fut rangé dans le coffre, nous partîmes, Simon et moi, pour une nouvelle pépinière.

— Je sens que nous allons revenir avec moins d'argent, un coffre plein, mais aucune information utile sur ma mère, avoua mon conducteur.

— Ne soyez pas défaitiste. Quelqu'un se souvient forcément d'elle.

Peut-être était-ce pour me rassurer, mais je ne voyais pas les choses différemment.

Nous nous garâmes devant une nouvelle pépinière. La nuit était tombée, mais de grands lampadaires éclairaient les alentours. Deux hommes étaient en train de charger un camion. L'un était trapu, l'autre long et fin. Quand ils me virent descendre de la voiture de Simon, ils ne purent dissimuler un regard presque apeuré.

— Pas vous, lâcha même l'un d'eux.

Ce dernier était le plus jeune. La vingtaine à tout casser. Il tenta de filer à l'anglaise, mais son collègue avoisinant la quarantaine le retint par la capuche de son sweat.

— On ne fuit pas face à l'ennemi, gamin !

Si Marie n'était pas passée par ici, j'en mangeais mon écharpe !

Simon fut le premier à s'avancer. Vu la réaction des deux hommes, c'était sans doute plus prudent. Si en m'apercevant de loin, le jeune avait voulu détaler, c'était que je ne lui avais pas laissé un très bon souvenir.

— Bonjour, messieurs, puis-je vous parler une minute ?

Leur conversation n'atteignit pas mes oreilles, mais je ne ratai pas leurs expressions faciales ni leurs regards sur moi. La palette d'émotions qu'ils utilisèrent était tellement large que je me demandai ce que Marie avait bien pu leur faire.

À un moment donné, Simon m'invita à avancer.

— Valentine, il se trouve que ces messieurs vous ont bien vue il y a quelques jours.

— Ça, pour l'avoir vue, on l'a vue, marmonna le plus jeune.

Son collègue et sans doute mentor lui donna une claque sur le bras.

— Fais attention à tes paroles, t'as entendu ce qu'il a dit, elle est malade !

Simon m'offrit des excuses silencieuses, mais je ne lui en voulais pas. Que pouvait-il dire d'autre ?

— Puissiez-vous me pardonner pour ce que j'ai pu vous faire endurer, déclarai-je d'une voix douce.

Les deux employés se regardèrent.

— C'est dingue, on ne croirait pas du tout la même personne !

Je souris.

En voilà un homme intelligent !

— Sa personnalité d'origine est très bienveillante, assura Simon. Ce sont les autres qui se conduisent... avec brusquerie.

— Oh, pas toutes ! gloussai-je. Si Marie est une garce, Olivia est un ange, elle fait ma vaisselle et ma lessive, et en ce qui concerne Nathalie... Nathalie aime se balader en sous-vêtements arc-en-ciel avec une corne dorée sur la tête.

Simon ferma les yeux. Était-ce pour contenir un rire ou maîtriser une crise de nerfs, je n'en savais rien, mais cela m'amusa beaucoup.

— Une corne dorée sur la tête ? répéta le jeune.

— Où voulez-vous qu'elle la mette, sinon ?

Ses joues devinrent tellement rouges que je ne pus retenir un sourire.

Après un raclement de gorge, Simon lança :

— Marie vous a donc commandé des tas de sapins, c'est exact ?

— Presque une centaine, confirma l'employé.

S'il y en avait beaucoup dans mon appartement, j'étais presque sûre que je n'en possédais pas autant.

— Où sont-ils ? m'enquis-je. J'en ai quelques-uns, mais pas une centaine.

Que diable souhaitait-elle faire avec autant d'arbres ? Un feu de cheminée géant ?

— Nous avions prévu de tout livrer demain à l'adresse indiquée, nous expliqua l'homme d'une quarantaine d'années. Simplement, vous vouliez tout, tout de suite ! On vous a dit que c'était impossible avec un seul camion, mais vous avez insisté ! C'est parti en cacahuète devant tous nos clients, vous avez commencé à dire qu'on ruinait les fêtes de Noël et que vous alliez briser notre réputation pour cela. Notre patron s'est interposé pour tenter de vous calmer. En fin de compte, on a accepté de livrer une partie de la commande le jour même, et la suite demain. Sauf qu'une fois sur place, vous vous êtes aperçue que vous ne possédiez pas les clés. Nous avons dû repartir et vous livrer en centre-ville, un appartement en face d'un café. Autant vous dire que moins pratique, il n'y a pas !

Plus il poursuivait ses explications, plus son regard sur moi devenait sévère. Heureusement, mon expression désolée le fit rapidement retrouver un visage plus amical.

— Vous pouvez nous donner l'adresse de l'endroit où vous devez livrer demain ?

L'homme haussa les épaules.

— C'est votre commande, donc j'imagine que rien ne m'en empêche.

Il nous abandonna quelques minutes. Le jeune prétexta avoir du travail pour ne pas rester près de moi, ce que je compris. Quand nous fûmes enfin seuls, Simon lâcha :

— Des sous-vêtements arc-en-ciel, hein ?

— J'adore les licornes, rigolai-je.

— Je tâcherai de m'en souvenir, sourit-il.

Comment ça, il tâcherait de s'en souvenir ? Il voulait me voir en sous-vêtements licorne ? Était-ce un message caché ? Juste une parole en l'air ?

Je n'eus pas le temps d'y réfléchir, car l'employé réapparut avec un morceau de papier à la main.

— Voilà, tout sera livré demain comme prévu.

Nous le remerciâmes et nous apprêtâmes à partir quand il nous héla.

— Je peux vous demander un service ?

J'acceptai sans hésiter.

— Ne revenez plus jamais ici !

Eh bien, j'allais devoir rayer un magasin de ma liste pour l'année prochaine...

CHAPITRE 24

Alors que nous roulions en direction de l'adresse donnée par la pépinière, je demandai à Simon :

— Vous pensez qu'on va atterrir où ?

Il haussa les épaules.

— Sans doute pas si loin. Je vois mal ma mère se faire trois heures de voiture entre chaque possession de votre corps.

— Non, ça, c'est certain. Mais d'après vous, l'endroit ressemble à quoi ?

Ne pas réussir à imaginer dans quoi nous allions mettre les pieds m'angoissait. Avec Marie, j'avais l'impression qu'il fallait s'attendre à tout, et souvent au pire !

— Je n'en ai pas la moindre idée.

Il semblait toujours blasé malgré le fait que nous venions de faire un pas de géant dans notre enquête.

— Enlevez-moi cet air penaud de votre tête, on dirait Calimero !

Il m'offrit une moue amusée. Ah, c'était mieux comme ça !

Nous filâmes sur des routes de campagne dans la nuit noire. C'était étrange de me balader ainsi avec quelqu'un. Cela faisait longtemps que je n'avais plus été accompagnée à une heure si tardive. Longtemps que j'avais quitté mon chez-moi, que je ne voyais plus mes amis qui se comptait sur les doigts d'une main. Plus longtemps encore que je n'avais pas eu de compagnon avec qui passer des moments agréables. La solitude me pesait. Le plus souvent, je tentais de l'enfouir profondément en moi, mais en traînant avec Simon, je comprenais le bien que cela me faisait. Et cela rendait plus réel le vide qui s'installerait de nouveau quand nos chemins se sépareraient.

— Vous avez prévu quoi pour le jour de Noël ? finis-je par demander.

— Un dîner avec mes parents. Bien qu'il soit possible que ma mère ne soit pas avec nous. Quoique, même si elle est présente, je ne suis pas certain d'avoir envie de passer ce moment avec elle.

La déception était grande pour Simon. Il n'avait que ses parents, et voilà qu'ils n'étaient plus du tout sur la même longueur d'onde.

— Et vous ? s'enquit-il.

L'entendre s'intéresser à moi fit accélérer mon cœur. Quel faible, celui-là !

— Je ne sais pas. Nous le faisons toujours en famille, et rien ne m'empêche de m'y rendre pour quelques jours. Je ne suis seulement pas sûre de parvenir à mentir tout ce temps à mes proches.

— Au sujet de ce que vous faites pour gagner votre vie ?

J'acquiesçai.

— Mes parents sont fiers de mon nouveau boulot imaginaire. Mais, chaque fois que je dois répondre à leurs questions, j'ai l'impression qu'on m'arrache la poitrine. Le jour où ils apprendront la vérité, je vais devoir accepter leur déception, et je sais que je vais me trouver encore plus incapable que je ne le pense déjà.

— Vous n'êtes pas une incapable. Vous vous battez pour survivre sans ennuyer ceux que vous aimez. Votre famille ne roule pas sur l'or, vous aviez l'impression d'être un poids pour vos parents, vous ne dénichiez pas de travail dans votre branche… Bref, vous avez juste fait ce que vous pouviez.

Même s'il tentait de me rassurer avec des paroles qui reflétaient la vérité, je ne me sentis pas mieux.

— J'aimerais simplement que ma vie s'arrange un peu. Les seules choses qui me poussent à me lever le matin, ce sont les chocolats chauds de Cathy et les nombreux films et séries que je n'ai pas encore visionnés.

Hors de question que je passe l'arme à gauche avant d'avoir regardé l'intégralité du catalogue Netflix.

— Je suis certain qu'on trouvera d'autres trucs.

— On ? me surpris-je.

Son sourire éblouit la voiture. Du moins, ce fut l'impression que cela me donna. C'était dingue, le charme qu'il avait. S'en rendait-il compte ?

— Nous allons être ensemble encore quelques jours. Cela nous laisse du temps.

Et pour la première fois, j'eus presque envie de remercier Marie d'avoir mis Simon sur ma route, ou plutôt de m'avoir placée sur la sienne. Dommage que pour cela elle ait dû m'utiliser.

— Nous sommes arrivés.

La voiture ralentit et, bientôt, nous nous arrêtâmes. Je sortis de l'habitacle, tout comme Simon. Téléphones brandis devant nous, nous recourûmes à la lampe torche pour éclairer les alentours.

— Une grange ! m'exclamai-je.

D'accord, pourquoi pas, après tout.

Nous nous approchâmes de l'entrée, j'essayai d'en ouvrir la porte, mais échouai.

Je libérai ma magie et tentai de venir à bout de la serrure, mais rien n'y fit.

— Elle a dû laisser des protections magiques, me fit Simon.

— Quelque chose m'échappe, tout de même. S'ils sont d'abord arrivés jusqu'ici pour déposer les sapins, pourquoi ont-ils opéré un demi-tour ? Elle leur a dit qu'elle n'avait pas les clés, mais nous savons tous les deux qu'il lui suffisait d'utiliser sa magie.

Nous nous penchâmes un instant sur le sujet chacun de notre côté. Simon lâcha enfin :

— Quand on y réfléchit bien, je pense que ma mère a des

problèmes avec ses pouvoirs. Elle abandonne votre corps bien avant d'avoir fini ce qu'elle a à faire. Je croyais que c'était parce que vous repreniez le contrôle, mais si cela venait d'elle ?

— Vous voulez dire qu'elle n'a pas assez d'énergie ?

— Cela expliquerait pourquoi elle n'a pas pu se décoincer du conduit de la cheminée. Elle a préféré vous laisser vous débrouiller avec cela.

— D'accord, admettons. Mais elle vous a quand même transformé en casse-noisettes !

Vu sa tête, il était loin de l'avoir oublié.

— Peut-être n'était-ce pas sa magie, mais la vôtre.

Et si c'était le cas, c'était une très, très mauvaise nouvelle. Notre pouvoir laissait des empreintes, et tout ce qu'elle ferait avec me désignerait automatiquement comme coupable. Si cela s'arrêtait au vol de sucres d'orge et au fait de traumatiser des vendeurs de sapins, passe encore, mais si elle allait plus loin ?

— Si je finis en prison à cause de votre mère, je le vivrai très mal, vous savez.

— Ça vous donnera du temps pour regarder Netflix !

— Ce n'est pas drôle, Simon.

J'aurais pu en blaguer dans d'autres circonstances, mais là, j'étais plus inquiète qu'autre chose.

Le sorcier posa sa main dans mon dos.

— Je ne laisserai pas ça arriver.

J'avais envie d'y croire, mais le doute persistait.

Simon tenta à son tour d'ouvrir la porte. Il était le fils de Marie, sa magie pouvait-elle en venir plus facilement à bout ? La réponse fut non. Dommage, cela nous aurait épargné bien des soucis.

Simon ne se laissa pas démonter pour autant.

— Tant pis, si cette porte est inaccessible, je me contenterai d'en créer une autre.

Mes sourcils se haussèrent.

— Comment ça ?

— Cette grange est en bois. Cela ne m'étonne pas, venant de ma mère, d'ailleurs. Et c'est un coup de bol pour nous, car le bois, ça me connaît !

Il retourna à la voiture et je le talonnai.

— OK, mais vous avez prévu quoi, exactement ?

Ce n'était pas qu'il faisait nuit et froid, mais tout de même !

Il enleva sa veste, qu'il déposa sur le siège avant, et remonta son pull sur ses avant-bras. Qu'est-ce qu'il était canon, quand même !

— Je vais scier.

Il va scier. Comment ça, il va scier ?

Simon s'esclaffa.

— Si vous voyiez votre tête !

Le sorcier partit ouvrir le coffre, poussa nos récents achats et dévoila ensuite un grand compartiment dissimulé juste en dessous.

— Vous cachez quoi, là-dedans ?

— Mon arme.

Je jetai un coup d'œil et mon cœur rata un battement en le voyant récupérer à deux mains une tronçonneuse. Sa lame allait me donner des sueurs froides.

— Vous vous baladez continuellement avec ça ?

Il confirma d'un signe de tête.

— Toujours prêt pour couper du bois.

J'avais affaire à un vrai bûcheron !

— Et vous comptez nous ouvrir un passage dans la grange avec ça ?

— Tout à fait.

Que vouliez-vous répondre ? C'était un plan comme un autre !

— Donc vous n'allez pas scier, vous allez tronçonner, précisai-je.

— C'est exact.

— Eh bien, bon courage !

Hors de question que je m'approche. Un mauvais geste et hop, une jambe en moins. Merci, mais non merci !

J'avisai son expression moqueuse et l'observai s'éloigner avec son engin. Je comprenais mieux pourquoi il était si musclé du haut du corps, s'il soulevait ce truc à longueur de temps.

Quelques minutes plus tard, le bruit sourd de sa machine brisa le silence serein de la nuit. Je grimaçai en me demandant à quelle distance se trouvaient les premiers voisins. Et si quelqu'un appelait la police ? Je n'avais pas prévu de les rencontrer tous les soirs ! Par bonheur, Simon ne prit pas si longtemps avant de cesser son vacarme.

— Valentine ?

Je m'empressai de le rejoindre, les mains dans les poches. Acheter des gants ne serait pas de trop, mais, bizarrement, je n'y pensais jamais.

Agenouillé sur le sol humide, Simon m'attendait.

— Prête à savoir ce qui se cache à l'intérieur ?

Mon esprit tournait à mille à l'heure, imaginant du plus beau au plus sordide des spectacles.

— Prête !

CHAPITRE 25

Je m'assis aux côtés de Simon et il poussa la planche de bois qui ne tenait presque plus. Si je m'empressai de rentrer ma tête dans l'ouverture, je fus bien vite déçue.

— On n'y voit rien.

Je partis à la recherche de mon téléphone, mais Simon me devança et illumina la pièce avec son flash.

Là, ma mâchoire se décrocha.

— Sainte Marie, mère de...

— Stop, me coupa Simon. Marie n'a rien d'une sainte dans cette histoire !

Pas faux.

— Mais vous pouvez dire que je suis un dieu, ajouta-t-il, amusé.

Je lui répondis d'une bourrade dans l'épaule et pénétrai dans ce qui était à mes yeux un début de paradis sur terre.

— C'est l'antre du père Noël !

La pièce était immense. Et s'il y faisait froid, l'ambiance était pourtant des plus chaleureuses. Ce qui avait attiré mon attention en premier était le grand fauteuil doré installé au fond de la salle, sur une estrade. En vérité, il ressemblait presque plus à un trône qu'à un fauteuil ! À côté de celui-ci, des dizaines de cadeaux empaquetés. Étaient-ils faux, ou de véritables offrandes étaient-elles enfermées à l'intérieur ? Juste sous l'estrade se trouvait une piscine pleine de sucres d'orge. Et même si je n'aimais pas ça, je devais avouer que l'envie de plonger dedans me tenaillait. Partout sur les murs, des guirlandes, des tableaux de paysages enneigés, des fleurs rouges, des décorations en tout genre. Et dans tous les angles de la pièce, des sculptures de rennes époustouflantes.

— C'est de vous ? demandai-je à Simon.

— Elle m'avait dit que c'était une commande du clan pour décorer l'administration.

En voilà une belle, d'administration ! Si on était obligé de venir là pour faire son passeport, j'étais certaine que beaucoup plus de gens partiraient en voyage !

— Une question me turlupine, finit-il par articuler.

Il gagna la dernière zone de la grange, la grande table établie vers la droite. Six chaises étaient installées tout autour.

— Oui, moi aussi, avouai-je. Comment comptait-elle mettre autant de sapins ici ?

— Qu'est-ce qu'elle souhaite organiser ? prononça-t-il en même temps.

Ah. Oui. Bon, nous n'avions pas le même sens des priorités, c'est tout.

— Votre repas de Noël ? proposai-je.

Il secoua la tête.

— Mon père est allergique au latex, donc il ne supporte pas les poinsettias.

Je plissai les yeux.

— Bon sang, je n'ai pas compris un traître mot de ce que vous venez de dire !

Simon ricana.

Ah, d'accord, on était assez proches pour qu'il se moque de moi, à présent. Très bien.

— Les poinsettias, ce sont ces fleurs rouges que vous voyez un peu partout. Elles produisent du latex, et mon père y est grandement allergique, donc il évite cette plante comme la peste en cette période.

Quelle allergie peu pratique ! Comment faisaient les gens comme Henry pour ne pas choper des maladies sexuellement transmissibles ?

— Et pour vous abstenir de perdre du temps à chercher sur

Google, poursuivit Simon, sachez qu'il existe des préservatifs sans latex.

— L'idée ne m'a même pas effleuré l'esprit, mentis-je, abusivement effarée.

Il sourit avant de contempler de nouveau la pièce.

— En tout cas, il n'y a pas à dire, elle y a mis du cœur.

— Ma main à couper qu'elle comptait installer le faux père Noël sur son trône, suggérai-je.

— Très certainement, oui. Mais pour le concours de pain d'épices ?

Là, je donnais ma langue au chat.

— Vous pensez qu'elle viendra réceptionner les sapins demain ? l'interrogeai-je.

— Il y a des chances. Reste à savoir si elle arrivera dans son corps ou dans le vôtre.

— Le moment de m'attacher dans la cave approche, c'est ça ? me désespérai-je.

Il me couva de son adorable regard, et j'eus l'énorme envie de lui faire un câlin.

— Nous verrons demain. La livraison doit se faire dans l'après-midi, ça nous laisse du temps pour prendre un peu de repos et nous éclaircir les idées.

— Va pour le repos !

Une fois à la maison, enfin, dans sa maison, je m'écroulai sur le canapé.

Il était doux, confortable, tout ce que j'aimais. Simon, quant à lui, se mit aux fourneaux.

— Au fait, vous ne m'avez pas dit, comment avez-vous

deviné que je n'étais plus moi-même lors du concours ?

Debout derrière l'îlot de la cuisine, en pleine découpe d'un potimarron, Simon me répondit :

— Vous n'avez pas la tête de quelqu'un qui connaît la recette du pain d'épices.

C'était marrant, j'avais comme l'impression de devoir me vexer.

— Et j'ai quel genre de tête, du coup ?

— Le genre à préférer le manger plutôt que le confectionner.

Cette fois, je croisai les bras sur ma poitrine.

— Vous savez, je vais finir par réellement me froisser !

Il s'esclaffa.

— J'ai juste dit ce que je pense. J'ai appris à vous connaître un minimum, et vous semblez gourmande. De plus, lors de nos conversations, vous avez notifié que vous ne maîtrisiez pas la cuisine. Pour parfaire le tout, le point de côté et la chute des enfants ont achevé de me convaincre.

Moui, bon, admettons.

La tête dans mes pensées, je le laissai à sa tambouille jusqu'à ce que la question qui me brûlait les lèvres sorte d'elle-même.

— Vous me trouvez vraiment grosse ?

Parfois, j'aurais aimé posséder le pouvoir de retourner dans le temps juste pour m'en coller une.

— Aucunement. Vous avez des formes, voilà tout.

Des formes… Je n'étais pas certaine que ça soit une bonne chose.

— Dans le genre ronde, quoi, lâchai-je.

— Mon Dieu, Valentine ! Seriez-vous plus rassurée si je vous balançais que vous avez un visage triangulaire et un fessier cubique ?

Mes mains tâtèrent mon visage.

— Triangulaire, vous dites ?

J'avais toujours considéré qu'il était ovale. Comme quoi, il ne fallait pas avaler tout ce qu'on lisait sur Internet.

— Et si vous arrêtiez de vous faire des films sur ce que pensent les autres et que vous appreniez à vous aimer ?

— Pfff ! On croirait un article de magazine féminin.

— Cela prouve qu'on n'y trouve pas que des recettes de masques pour le visage !

Quel cliché !

— C'est certain que quand on est comme vous, on se pose moins de questions.

De là où j'étais, je n'eus aucun mal à voir l'un de ses sourcils se hausser.

— Comme moi, c'est-à-dire ? Riche ?

— Riche aussi, mais non, j'allais dire bien foutu !

Il soupira et lâcha son couteau.

Déjà, il n'allait pas m'éviscérer, c'était un bon point.

— Vous savez, les gens ont parfois des complexes qui ne sont pas visibles.

— Comme quoi ? Un troisième sein ?

Pourquoi était-ce la première chose à laquelle j'avais pensé ? Aucune idée.

— C'est un exemple. Un exemple étrange, mais un exemple tout de même.

— D'accord. Et donc, quel est votre complexe ?

Ça se posait, une question comme ça ? C'était quand même vachement indiscret !

— J'ai des pieds très moches.

Je m'esclaffai, puis je vis son expression grave et je me calmai instantanément.

— Sérieusement ? Vos pieds ?

Il hocha la tête.

— Mais des pieds, ce n'est pas vraiment joli, de toute manière !

— Faux. S'il existe des fétichistes, c'est forcément qu'il y a de la beauté à ce niveau-là aussi.

Je me levai. Il fallait que je voie ça de mes propres yeux. J'étais certaine qu'il exagérait et qu'on ne pouvait pas comparer mon complexe de poids avec celui de ses pieds soi-disant moches. Une fois dans la cuisine, face à lui, je baissai les yeux sur ses chaussettes. L'un de ces orteils sortait d'un trou, lui donnant un air tout sauf glamour.

— Même les chaussettes ne leur résistent pas ! lâcha Simon.

Je me mordis l'intérieur des joues pour ne pas rire.

— Montrez-moi ça. J'ai besoin de me faire ma propre opinion.

— Juste avant manger ? Je ne suis pas certain que cela soit une bonne idée.

Quel sens du drame il avait, celui-là !

— Dépêchez !

On n'allait pas passer la soirée à discuter de deux pauvres pieds, quand même !

Il soupira et retira les bouts de tissu qui recouvraient ses petons et, là, mes yeux s'écarquillèrent. Ils étaient vraiment moches, il n'avait pas menti.

— Bon, d'accord, je ne vous embaucherais pas comme mannequin tong, affirmai-je, mais avec des chaussures, personne ne s'en rend compte !

J'avais presque envie de le supplier d'en mettre, d'ailleurs. Ces touffes de poils sur ses pieds crochus, ça me faisait penser aux loups-garous dans les vieilles séries fantastiques.

Tandis que je levais mes yeux vers lui, je constatai qu'il souriait.

— Qu'est-ce qui vous arrive ? lui demandai-je soudain.

Ses lèvres m'appelaient, je devais me faire violence pour ne pas foncer dessus.

— J'étais juste en train de me dire que, malgré les circonstances, c'était plutôt sympa de passer du temps avec vous.

J'allais devenir rouge comme une tomate dans cinq, quatre, trois, deux...

— Dommage que tout cela se finisse dans quelques jours.

Atterrissage en catastrophe, le cœur de Valentine vient de s'échouer brutalement sur le sol, je répète, le cœur de Valentine est en détresse.

— Oui, dommage ! lançai-je avec un faux sourire.

CHAPITRE 26

Si j'avais craint de me reposer jusqu'ici, ce temps était révolu. Même éveillée, Marie parvenait à disposer de moi. Donc, tant qu'à faire, autant récupérer mon sommeil en retard. Pour autant, je ne m'étais pas endormie dans un lit. Aujourd'hui encore, j'avais accordé mes faveurs au canapé, bercée par la voix douce et envoûtante de Simon. Une nuit sans problème, c'était tout ce que je désirais. Pourquoi était-ce trop demander ?

J'avais espéré me réveiller avec l'odeur des pancakes, ou pourquoi pas des muffins, soyons fous ! Mais certainement pas dans une ruelle sombre, aux côtés de… eh bien, de moi !

— Marie, qu'est-ce que vous fichez encore ? marmonnai-je.

Et Simon ? Où était-il ? Lui avait-elle fait quelque chose ? Je fulminai, pourquoi n'avais-je pas émergé avant ? Maintenant, j'allais me faire un sang d'encre !

Quelqu'un sortit de la pénombre. Inquiète, je vis une jeune fille approcher de celle qui contrôlait mon corps.

— Alors ? demanda Marie.

La jeune fille portait de longs cheveux bruns et était vêtue d'un uniforme bleu marine. Ses yeux verts en amande scrutaient les alentours. Elle tendit un sac en toile à la mère de Simon.

— La voie est libre. Mais je ne peux pas vous dire pendant combien de temps.

— Ça suffira.

— Bonne chance.

Elle s'en alla sans demander son reste, et Marie ouvrit le sac. Elle en sortit une tenue similaire à celle que portait la jeune fille qui venait de partir. Non, mais qu'est-ce qui se trafiquait ici ?

Totalement effarée, je vis Marie déshabiller MON corps en plein milieu de la ruelle. Merveilleux ! Il ne manquait plus que je sois arrêtée pour exhibitionnisme. Ce serait le pompon !

Une fois vêtue de l'uniforme, Marie inspira un bon coup et fila dans une avenue. Elle tourna dans une nouvelle venelle un peu plus loin et entra dans un bâtiment par une porte dissimulée derrière une benne à ordures.

Ça sentait les problèmes à plein nez en plus des légumes pourris !

Bien évidemment, je la suivis. De toute manière, je n'avais que ça à faire : découvrir ce qu'elle mijotait.

Si je m'attendais à pénétrer dans un endroit glauque, ce fut en fait tout le contraire. La décoration intérieure était d'un chic à faire pâlir Henry Noël de jalousie. Aucun doute, les lieux étaient habités par des gens importants. Cela ne me rassurait en rien, à vrai dire.

Marie se faufila dans les couloirs. Du tumulte émanait d'une pièce un peu plus loin, et elle se planqua derrière un rideau. Deux personnes qui devaient être des domestiques passèrent en coup de vent sans échanger un seul mot. Eh beh, tu parles d'une ambiance !

Marie sortit de sa cachette et reprit son chemin. Où allait-elle ? Une porte matelassée rouge apparut au bout d'un couloir. Elle s'y dirigea à pas rapides et y entra sans faire de bruit. L'intérieur était à la croisée entre une suite d'hôtel luxueux, un studio musical et une galerie d'art. La pièce était si spacieuse qu'elle pouvait largement accueillir ces trois fonctions. Dans un coin trônait une ribambelle d'instruments, dans un autre se trouvait un lit tellement grand que toute ma famille aurait pu tenir dedans et, pour finir, le reste de l'espace était orné de vitrines mettant en avant divers objets de collection. Et même si j'avais un instant espéré très fort que Marie était venue ici pour faire un bœuf et me démontrer qu'elle savait jouer le plus beau des solos de guitare électrique du monde, elle se dirigea tout naturellement vers l'une des vitrines.

— Non, non, non, non, non ! m'exclamai-je.

Sauf que... si.

Elle laissa s'échapper ma magie et la mena droit vers la serrure. Celle-ci ne céda pas. Preuve irréfutable que nous n'étions pas chez des lambdas, mais bel et bien chez des sorciers. Des sorciers pleins aux as. Clairement, si je sortais de cette histoire autrement qu'avec des menottes aux poignets, c'était que je n'étais pas si poisseuse que ça !

Rapidement, mes yeux cherchèrent à déterminer ce que la mère de Simon pouvait bien désirer dans cette vitrine en particulier. Le gros saphir posé sur un petit coussin noir ? La montre hors de prix qui se trouvait à côté ? Peut-être l'os étrange sur l'étagère du dessous ? Appartenait-il à quelqu'un de connu il y a des milliers d'années de cela ?

Du bruit retentit dans le couloir. Je vis les mains de Marie trembler, et la sueur couler de son front. Nom d'un chien, elle allait se faire cramer ! Il fallait qu'elle se cache !

Mais là, la serrure céda. Elle ouvrit la vitrine et en quelques secondes attrapa la sphère en verre qui se trouvait sur l'étagère la plus basse.

Quelques secondes de trop...

Un employé venait d'entrer dans la pièce. Sa surprise laissa heureusement le temps à Marie de lui envoyer une attaque magique et de partir en courant, tout comme moi. Seulement, derrière nous, des hurlements retentirent, et une alarme résonna entre les murs.

Nous étions cuites. Je ne voyais pas comment on allait pouvoir sortir d'ici.

Cependant, Marie ne l'entendait pas de cette oreille. Elle utilisa mon pouvoir pour détruire tout ce qu'elle croisa sur son chemin. Vases, tentures, miroirs, tout y passa. Quand son pied foula l'extérieur, je crus que nous allions en réchapper, bien que je ne sache pas comment elle allait pouvoir s'enfuir sans être poursuivie. Tout le monde était à ses trousses. Plus d'une dizaine d'hommes et de femmes en uniforme nous traquaient. Et même si j'avais encore la forme à mon âge, je n'étais pas une grande sportive pour autant, et bientôt, j'allais en payer le prix.

Mais ce fut Marie qui ploya la première.

Soudain, je me sentis retourner dans mon corps, et la nausée que cela m'infligea fut intense. Tétanisée quelques secondes, j'en oubliai que je devais m'enfuir. Ce fut en entendant un cri un peu trop près à mon goût que mon instinct de survie reprit le dessus et que je mis à courir avec ma boule en verre à la main tel Jack Sparrow avec ses bouteilles de rhum.

Les hurlements au milieu de la nuit incitèrent des habitants endormis à ouvrir leurs volets. De là où ils étaient, ils devaient profiter du spectacle ridicule de ma personne haletant comme un chien après une randonnée en plein été. J'allais devoir trouver un moyen de disparaître, et vite !

Soudain, une jardinière tomba juste devant mes pieds. Je sautai par-dessus, le cœur battant à tout rompre. Des obstacles se mirent à pleuvoir sur ma route. Étaient-ce mes poursuivants qui utilisaient la magie pour me ralentir, ou les gens dans leurs appartements qui voulaient participer à cette course-poursuite ?

Calme-toi, Valentine. Observe et trouve un moyen de sortir de là.

Aussitôt dit, aussitôt fait. Non loin de moi, j'avisai une calèche tirée par deux chevaux en train de fouiller dans des buissons. J'avais entendu parler d'une exposition de voitures hippomobiles. Des personnes de tout le pays s'étaient rassemblées avec leurs équidés. Jamais je n'aurais cru que cela me rendrait autant service.

Je filai droit sur la calèche et y montai sans perdre de temps.

Je posai la sphère en verre et attrapai les rênes avant de demander à mes destriers de foncer.

Quelles étaient les chances pour qu'ils m'écoutent ? Sans doute minimes. Pourtant, celui de gauche amorça une avancée tandis que son voisin préférait chercher encore à débusquer quelque chose de sympa dans ce buisson.

— Hue, Cannabis, on n'a pas le temps pour ça !

Je tirai de nouveau sur les rênes, frappai des pieds, hurlai et, enfin, la calèche s'élança sur la chaussée.

— Les gars, il va falloir que vous soyez plus rapides !

Nom d'un chien, les autres allaient plus vite en courant que moi avec mes montures !

Ce n'est pas grave ! Tout va bien se passer !

Peut-être que le répéter en boucle pouvait rendre cela réel ?

À cet instant, une voiture arriva et ses pneus crissèrent sur le bitume avant de me couper la route.

Clairement, un tel face-à-face était inédit. J'avais deux chevaux, le conducteur en avait sans doute plus d'une centaine sous le capot. Touché, coulé. Adieu, Valentine !

Un homme sortit de la bagnole. Il m'observa avec un air très mécontent, et sa magie enfla avant de foncer droit sur moi.

Ensuite, ce fut le trou noir.

CHAPITRE 27

Le mal de crâne était intense. Cette douleur, je commençais à m'y habituer, depuis quelque temps. Pourtant, alors que j'ouvrais les yeux, je compris bien vite que ce n'était pas Marie qui m'avait déplacée contre mon gré, mais bien l'homme qui se tenait assis devant moi. Séparé de moi uniquement par une petite table dans une salle ne contenant rien d'autre qu'un miroir sans tain, il m'observait.

— Bonjour, Valentine.

Sa voix était impassible. Tout comme son visage. J'analysai l'inconnu, sa mâchoire carrée, son nez droit et ses iris caramel devant lesquels des mèches blondes retombaient.

— Vous êtes un défenseur, déclarai-je.

Pas la peine d'avoir fait de longues études pour deviner que je me trouvais en compagnie d'un membre de la police magique, la pièce dans laquelle nous nous situions parlait d'elle-même. Elle ressemblait en tout point aux salles d'interrogatoire que l'on pouvait voir à la télé, à la différence que je ne pouvais pas me lever. La magie m'empêchait de décoller mes pieds du sol.

— C'est exact. Mais vous pouvez m'appeler lieutenant Lavoise.

Cette réponse signait donc le glas de ma vie telle que je la connaissais. J'étais dans les ennuis jusqu'au cou. Quand mes parents allaient apprendre la vérité... Je préférais ne même pas y penser.

— Vous savez pourquoi vous êtes là, j'imagine, prononça le lieutenant.

Le kidnapping d'un père Noël ? Effraction ? Vol de sucres d'orge ? Arnaque à la médiumnité ?

Je me raclai la gorge.

— Car je me suis garée sur une place pour handicapés ?

On pouvait toujours rêver, hein !

Il m'offrit un sourire faux. Celui qui indiquait qu'il ne m'appréciait pas et qu'il allait me faire vivre un enfer.

— Vous êtes une maline, vous.

Absolument pas. Si j'en avais été une, je ne me serais pas trouvée ici !

— Vous êtes entrée par effraction chez le fils du chef de clan des Lavoise pour lui voler un bien précieux, vous savez ce que ça veut dire ?

— Que je peux réfléchir à mon épitaphe ? couinai-je.

La famille d'un chef de clan. Sérieusement, Marie, vous n'auriez pas pu faire pire !

— Que vous allez devoir vous expliquer devant moi, votre clan et celui des Lavoise, dont je fais partie.

De mieux en mieux. Il n'avait plus qu'à me dire que j'avais volé son petit frère, et j'essaierais d'arrêter de respirer afin de mettre fin à cette histoire au plus vite.

— Tout ça n'est pas ma faute, monsieur ! Quelqu'un m'utilise pour faire n'importe quoi.

Il arbora un air moqueur. Bah oui, forcément.

— Je vous le promets ! Je peux vous fournir son nom, et même son adresse, si vous le voulez !

J'irais jusqu'à lui dévoiler la couleur de ses culottes s'il acceptait de me croire ! Malheureusement, j'étais persuadée qu'on était loin du compte.

L'homme se contenta de me donner des feuilles et un stylo. Ce dernier était rouge, et il y était inscrit : « La vérité gagne toujours ».

— Je vous laisse rédiger vos aveux.

Il se leva, faisant racler sa chaise. De mon côté, j'en étais encore incapable. La colère m'envahit, se mêlant à la peur déjà présente.

— J'ai le droit à un coup de fil, non ? lançai-je.

Bien que surpris, il acquiesça.

C'était le moment de tenter le tout pour le tout.

Je ne savais pas combien de temps j'avais passé enfermée dans cette pièce, mais assez pour qu'ils décident de m'octroyer le droit de me lever de mon siège. L'assise dure avait rendu mon fessier douloureux, et j'étais persuadée de ressembler à une grand-mère sur le déclin au moment de me mettre debout. Se foutaient-ils de moi, de l'autre côté du miroir ? J'espérais bien que non, mais je ne pouvais en être sûre.

La conversation que j'avais eue au téléphone me revint en mémoire. J'aurais pu appeler un avocat, mais je ne connaissais personne. L'idée m'était venue de contacter mon père, mais bien vite, je l'avais repoussée. Non, je n'étais pas prête à tout leur dire. Finalement, j'avais composé le numéro que j'avais appris par cœur quelques années auparavant. Celui de Victoria, une amie de ma mère qui vivait à Paris. Elle n'était pas n'importe qui, mais la fille de la cheffe de clan Coutarel. Eh, ouais. En quoi cela pouvait-il m'aider ? Pas à grand-chose pour le côté familial, vu qu'elle ne s'entendait pas avec celle-ci, mais le simple fait qu'elle soit une Coutarel rendait sa présence dans mes contacts très intéressante. Tout bonnement parce que ce clan n'avait peur de rien. Ils étaient connus pour leur talent à faire disparaître les problèmes. Souvent avec des méthodes peu conventionnelles et pas du tout orthodoxes, il fallait l'avouer. Mais avais-je d'autres choix, à présent ?

J'avais été effarée d'apprendre qu'elle ne vivait plus en France. Elle était retournée en Angleterre pour se rapprocher de sa famille et, en entendant ces mots, j'avais vu mes espoirs de liberté s'envoler au loin. Mais Victoria m'avait rassurée, elle m'avait dit qu'elle allait mettre quelqu'un sur le coup et, depuis, j'attendais.

À tout moment, la porte pouvait exploser, et il me faudrait partir en courant et me cacher jusqu'à la fin de ma vie. Du moins, si Marie me laissait tranquille. Qu'allais-je devenir ? À quel point avais-je gâché le peu de chances qu'il me restait de construire quelque chose dans l'avenir ?

Personne ne vint, et les heures défilèrent avec lenteur. Même si je ne possédais pas de montre, je le sentais au creux dans mon estomac. Mon système digestif avait sa propre horloge interne, et il savait que l'heure du petit déjeuner était passée depuis longtemps.

J'aurais souhaité regarder par la fenêtre pour chercher où se trouvait le soleil, s'il était haut dans le ciel, s'il se levait encore ou s'il amorçait sa descente. L'impatience prit place dans ma poitrine, et les battements erratiques de mon cœur ne se calmèrent pas.

Souvent, mes pensées voyageaient vers Simon. Je ne cessais de me demander comment il allait ou si je le reverrais un jour. Peut-être lors de mon procès, si un tel événement avait lieu. Il avait promis que rien de mal ne m'arriverait, mais je ne lui en voulais pas de ne pas pouvoir tenir cet engagement, c'était trop à gérer, même pour un homme qui possédait autant d'argent.

Du bruit se fit entendre de l'autre côté de la porte. Mes mains tremblantes trouvèrent ma poitrine. Je m'attendais à tout, mais surtout au pire. Pourtant, quand le battant s'ouvrit, rien d'horrible ne se produisit, il laissa juste passer un homme séduisant qui m'offrit un sourire agréable.

— Valentine, je présume ?

Le nouveau venu possédait un accent anglais tout à fait charmant. Il entra en boitant légèrement, puis il referma la porte derrière lui. Qui était-il ? Ami ou ennemi ?

Il me rejoignit et me tendit une main que je serrai.

— Je me présente, je suis Jameson. C'est Victoria qui m'envoie.

Le moment était donc venu de faire exploser ce lieu. J'inspirai un grand coup.

— Très bien. À quel point vais-je devoir courir vite ? demandai-je.

Que je sois préparée mentalement à donner le meilleur de moi-même.

Un rire secoua la poitrine de Jameson. Je haussai un sourcil.

— Vous pouvez vous contenter de marcher.

Ce qu'il disait n'avait aucun sens.

— Je suis enquêteur, m'expliqua-t-il. J'ai pris le temps de travailler sur votre cas pendant mon trajet jusqu'ici. Avec l'aide de votre ami, j'ai pu convaincre les défenseurs que vous n'étiez qu'une victime dans toute cette histoire.

Je clignai des yeux, toujours un peu perdue. Cela ne pouvait pas être si simple.

— Mon ami, vous dites ?

— Simon. Le fils de cette chère Marie, si j'ai bien tout compris.

J'acquiesçai.

— Drôle d'histoire, n'est-ce pas ?

Il me sourit.

— Ce sont les meilleures.

Mouais, je n'étais pas vraiment persuadée d'être d'accord avec lui, pour le coup.

— Est-ce que je vais être relâchée ?

Je m'attendais déjà à un « non », donc quand il prononça le mot « oui », je faillis m'évanouir.

— Mais sous certaines conditions.

Qu'importe ! Si j'avais le droit de me tirer d'ici, je n'allais pas me faire prier !

— Sortez-moi de là, Jameson ! Nous parlerons des conditions plus tard.

Je ne croyais pas si bien dire.

CHAPITRE 28

Je n'aurais pas dû être étonnée, pourtant, ma poitrine se serra en entendant les paroles de Jameson.

— Je dois fermer mon cabinet ? répétai-je.

Je savais que ce n'était pas éternel, que j'allais devoir tout arrêter à un moment ou à un autre. Mais là, tout de suite, c'était difficile à avaler.

— Si vous ne le faites pas, vous aurez des problèmes. Les défenseurs ont bien voulu ne pas vous punir pour votre commerce, mais uniquement parce que vous n'avez pas fait de mal à vos clients.

Je ne l'aurais jamais fait, de toute façon. Quand ils partaient en vrille à cause de moi, c'était déjà qu'ils n'étaient pas sains d'esprit, et cela était tellement rare que je pouvais les compter sur les doigts d'une main.

— Un peu de brownie pour le réconfort ? demanda Simon.

Je me tournai vers lui et ouvris la bouche. Comme si j'étais une enfant, il me nourrit. Voilà où j'en étais.

Les conditions des défenseurs étaient simples et peu nombreuses, mais je n'avais pas d'autre choix que de m'y plier. Raison pour laquelle je m'étais laissé poser des menottes magiques aux poignets. J'étais donc dans l'impossibilité de me servir de mes mains et, par la même occasion, de mon pouvoir. Le point positif, c'était que Marie non plus ne pouvait pas le faire. Si elle se décidait à emprunter mon corps, il lui faudrait faire montre d'ingéniosité pour déverser son chaos.

— Tout va bien se passer, me rassura Simon.

À ma sortie de détention, il m'attendait, inquiet comme jamais, faisant les cent pas sur le parking. En me voyant, il avait poussé un long soupir de soulagement et avait fermé les yeux un instant. En le découvrant ainsi, j'avais dû me retenir pour ne pas lui sauter dans les bras. L'envie de lui faire un câlin était toujours présente, mais en plus de rendre le moment sans doute gênant, le fait de ne pas pouvoir bouger comme je le voulais aurait été aussi très étrange. Faute de mieux, je me contentais de humer l'odeur de sa peau à chaque fois qu'il approchait une cuillère de brownie en direction de ma bouche. Venir chez Cathy pour avaler quelque chose avait été notre première idée à tous les deux, et mon estomac était ravi.

— Tu as de l'argent de côté, non ? s'enquit-il.

Je lui fis signe que oui. J'avais utilisé ce dont j'avais besoin pour payer mes loyers, mes charges et de quoi me nourrir, tout le reste était planqué dans mon cabinet. Ça me laisserait un peu de temps pour me retourner. Un peu, mais pas autant que je l'aurais voulu.

— Pour l'instant, des charges sont toujours retenues contre vous, déclara Jameson. La seule façon d'en venir à bout est de débusquer Marie dans sa cachette et de la faire avouer.

Rapidement, je jetai un coup d'œil à Simon. Nous parlions de livrer sa mère à la police.

— Ne t'en fais pas pour moi, me rassura-t-il en voyant mon expression inquiète.

Je ne pouvais pas m'en empêcher. Même si je souhaitais que Marie paie pour tout ce qu'elle avait fait, j'étais triste à l'idée qu'il perde sa mère.

— Comment faire pour la trouver ? lançai-je à l'enquêteur.

— Elle n'a pas utilisé sa carte bancaire depuis sa disparition. Elle a dû prendre tout ce dont elle avait besoin en liquidités. Personne ne l'a aperçue, donc nous n'avons aucun indice à ce sujet. Si vous étiez réellement voyante, j'aurais presque pu vous demander si vous ne pouviez pas la localiser.

Je soupirai. Malheureusement, mes compétences se limitaient à sortir de mon corps pour déambuler tout en restant invisible.

— Et ta tante ? lâcha Simon.

— Quoi, ma tante ?

— Elle est bien médium, non ?

Mes yeux se posèrent sur lui. Était-il en train de blaguer ? Vraisemblablement pas.

— Je n'appellerai pas Madette.

Et lui raconter toute la vérité ? Franchement, quelle idée !

— Il ne reste que deux jours avant Noël. Si ma mère refait surface et que nous ne la ramenons pas à la police avant cela, ils risquent de t'enfermer pour de bon, cette fois, m'apprit-il.

Je me tournai vers Jameson pour avoir confirmation. Celui-ci hocha la tête.

— Nous ne devons pas perdre de temps et faire notre maximum pour la retrouver.

Super...

Je tentai d'attraper mon téléphone dans ma poche, mais je me souvins bien vite que je ne pouvais pas.

— Quelle poche ? me demanda Simon.

Malgré son inquiétude toujours présente, j'avisai un petit air amusé sur son visage.

— La droite.

Il glissa sa main sur ma hanche et partit à la recherche de mon smartphone. Je sentis des frissons recouvrir ma peau, et ce n'était pas dû à la température qui régnait dans le café de Cathy.

Une fois le téléphone dans ses paumes, il me demanda l'autorisation pour fouiller dans mes contacts. Je la lui donnai et, une fois qu'il eut appelé, il approcha mon mobile près de mon oreille.

— Bonjour, ma nièce.

C'était une salutation presque trop normale pour quelqu'un comme Madette.

— Salut, Tantine.

Comment aborder le sujet ? Comment lui annoncer que j'avais fait n'importe quoi ?

— J'ai quelque chose à te dire, lançai-je, fébrile.

— Évidemment. Finis d'abord de manger. En ce qui me concerne, j'aimerais un thé à la menthe et un pain perdu.

Mes sourcils se froncèrent. Bon sang, comment savait-elle que j'étais ici ? Était-elle si forte que ça ? Simon, qui devait avoir entendu, semblait aussi surpris que moi.

— Tu me vois grâce à ton don ? soufflai-je.

Elle ricana.

— Je te vois, car je suis devant le café, Valentine.

Ma tête se tourna violemment vers la vitrine et là, j'aperçus ma folle de tante en train de me toiser d'un air malicieux.

— Comment...

Elle raccrocha et pénétra dans l'établissement.

Ma bouche grande ouverte, je ne parvenais pas à m'en remettre. Je n'étais pas prête, pas prête du tout.

— Votre tante a un sacré style, s'amusa Jameson.

Ah, ça... Madette avait passé la cinquantaine, mais si on lui posait la question, elle en avait toujours trente. Elle était vêtue de son éternel pantalon en cuir et d'un magnifique pull blanc orné de gros boutons brillants aux épaules. Ses cheveux blonds et ondulés étaient attachés n'importe comment sur sa tête, formant une masse explosive. Aucun maquillage sur son visage, hormis un trait de crayon bleu sur ses paupières pour faire ressortir ses prunelles de la même couleur.

Simon alla chercher une chaise pour qu'elle puisse s'asseoir avec nous.

J'avais envie de me lever pour lui dire bonjour, mais elle aurait vite compris que j'avais les mains liées.

Je la laissai donc croire que le choc était trop grand pour que j'aie une quelconque réaction, ce qui n'était pas totalement faux.

— Comment peux-tu être là ? finis-je pas prononcer.

— Le train. Cette invention merveilleuse permet de partir d'un point A et d'arriver à un point B !

Elle se moquait de moi. Depuis quand Madette faisait-elle ce genre de chose ? Elle qui était la bonté même !

Ma tante se présenta auprès des deux hommes de la tablée. Je vis que leur présence la réjouissait. Il faut dire que l'un comme l'autre était mignon à croquer. Simon et Jameson dévoilèrent à leur tour leur identité.

— Tu as commandé ? m'interrogea-t-elle.

Mon regard perplexe dut répondre pour moi.

— Mon thé à la menthe et mon pain perdu ? insista-t-elle.

— Tu m'en as parlé moins d'une minute avant de rentrer dans le café, donc non, je n'en ai pas eu le temps.

Et surtout, je n'avais pas compris à ce moment-là qu'elle était dans le coin.

Elle leva une main pour interpeller Cathy, mais Simon proposa à ma tante d'aller prendre sa commande directement au comptoir. Un bon moyen pour passer un peu plus inaperçu…

— Pourquoi es-tu ici, Madette ?

Elle haussa les sourcils.

— N'as-tu pas besoin de moi ?

— Eh bien… si, mais…

— Mais rien. Sois heureuse que je l'aie vu venir. Au moins, on n'a pas perdu de temps.

Mais elle avait vu venir quoi, au juste ?

— Que tu avais des problèmes et que je devais être présente pour t'aider, me répondit-elle quand je lui eus posé la question. Maintenant, tu vas devoir tout me raconter !

Finalement, j'aurais presque préféré qu'on m'enferme en prison…

CHAPITRE 29

Madette afficha une expression absolument neutre tout le long de ma tirade. Simon avait fini par poser une main sur mon genou au moment où mes yeux s'étaient fixés sur le sol. Faire face au regard de ma tante était pénible. Assumer mes échecs aussi. Jameson avait eu la gentillesse de s'éclipser un petit moment pour téléphoner. Sans doute avait-il compris qu'il serait encore plus difficile pour moi de révéler tout ça en présence d'un quasi-inconnu.

Quand j'eus fini mes explications, le silence retomba sur notre table. Je n'osai lever les yeux. Je focalisai alors toute mon attention sur la paume de Simon touchant ma jambe, et je tentai d'en tirer du courage.

— Franchement, Valentine… Ne crois-tu pas que tu aurais dû m'en parler ? Que tu ne veuilles pas que tes parents l'apprennent, c'est une chose, mais moi, j'aurais pu t'enseigner quelques trucs pour paraître encore plus vraie que nature en tant que médium !

Surprise, je posai mes yeux sur elle.

— Pardon ?

— Quoi ? Tu pensais que j'allais te crier dessus ?

Comme une gamine, je secouai la tête de haut en bas.

— Je sais à quel point tu as cherché du travail. J'ai vu aussi qu'il était dur pour toi que ton frère quitte le nid familial pour aller s'installer avec la femme de sa vie, tout ça en ayant un boulot super. J'ai constaté tes nombreux efforts pour réussir et les obstacles qui t'ont barré la route. Même si je ne cautionne pas l'arnaque, je comprends ce qui t'y a poussée. Tu as dû te sentir très seule, tout ce temps…

J'avais envie de pleurer. Un peu de soulagement, mais aussi

parce qu'elle avait raison. Mais je ne voulais pas paraître faible encore une fois, alors j'emprisonnai mes larmes et essayai de contenir mes émotions.

— Et puis, j'ai ma part de responsabilité. C'était mon rôle de prévenir tout le monde qu'il y avait le don de projection astrale dans la famille. Ta mère a refusé que je t'en parle, mais j'aurais dû le faire tout de même.

— Pourquoi a-t-elle fait ça ? m'enquis-je, surprise.

Elle haussa les épaules.

— Je pense qu'elle a toujours été un peu jalouse de ne pas avoir eu un don. J'ai hérité de tout. Pendant de nombreuses années, elle a espéré que cela lui arriverait, en vain. Sans doute ne voulait-elle pas que tu sois dans cette attente toi aussi.

Oui, enfin, résultat, je n'étais pas préparée à ce qui m'était tombé dessus.

— Donc... tu es une vraie médium ?

— Effectivement. Mais je ne sais pas tout sur tout. J'ai des pressentiments tellement forts que je peux être certaine que telle ou telle chose va se produire, mais, pour autant, je n'ai pas la réponse à toutes les questions.

Et dire que j'avais cru qu'elle mentait pendant toutes ces années. J'avais vraiment vécu avec des œillères...

Nous laissâmes Madette apprécier tranquillement son pain perdu tandis que nous bavardions entre nous. Jameson était revenu, et je comptais bien me reposer sur son expertise.

— D'après vous, qu'est-ce qu'elle veut ? demandai-je en parlant de Marie.

— Elle paraît très organisée. Clairement, nous n'avons pas affaire à un simple coup de folie. Tout est planifié et semble lié à cette grange que vous avez trouvée.

— Mais quel rapport avec cette boule en verre qu'elle a volée ?

Ça, ça ne faisait pas très Noël, elle était bien trop grosse pour être accrochée à un sapin.

— La boule à vœux est en réalité en cristal, et non en verre, m'apprit Jameson avec son adorable accent. Elle est réputée, comme son nom l'indique, pour réaliser le souhait le plus cher de celui qui la possède.

— Un tel objet n'existe pas, prononça Simon. Au mieux, cela pousse les gens qui le détiennent à prendre plus de risques pour accomplir leur rêve.

— Que cela soit vrai ou non, votre mère semble y croire.

— Quand bien même, qu'est-ce qu'elle désirerait en faire ? voulus-je savoir.

Simon se plongea dans ses pensées, mais ne m'offrit aucune réponse.

Ouais, ben, on n'était pas beaucoup plus avancés !

Madette reposa sa tasse après l'avoir vidée en quelques gorgées.

— Rendons-nous dans ton cabinet, Valentine.

— Pour quoi faire ?

Elle leva les yeux au ciel.

— Pour localiser ta mère Noël, pardi !

Ma tante se mit debout sans perdre plus de temps. De mon côté, Simon dut m'aider à tirer ma chaise pour que je ne me casse pas la margoulette.

— J'espère au moins que t'as un pendule ! m'assena Madette avant de s'en aller.

Un pendule, j'en avais un. Je n'étais pas certaine, cependant, qu'elle apprécie ce que j'en faisais.

Une fois que nous fûmes tous dans mon cabinet, face à ma bibliothèque, je sentis un léger malaise.

— Regarde dans le deuxième tome de *Percy Jackson*,

conseillai-je à ma tante.

D'abord hésitante, elle finit par attraper le roman. Quand elle l'ouvrit et découvrit l'un des pendules que je lui avais « empruntés » en guise de marque-page, elle tira une tête de trois pieds de long.

— Tu sais que j'ai longtemps cru qu'un client me l'avait volé ? achève-t-elle.

Je lui offris une grimace d'excuse.

— Tu peux le récupérer.

De toute manière, j'allais devoir fermer. Tout ce qui se trouvait ici n'allait plus me servir à rien.

— Est-ce que quelqu'un a une carte du coin ? s'enquit Madette.

C'était un peu comme demander si quelqu'un possédait encore un minitel.

Heureusement pour elle, j'avais acheté des cartes pour des potentielles exigences de localisation du grand amour. Eh ouais, la Saint-Valentin, ça approchait !

J'enjoignis à Simon de sortir une poignée de cartes rangées entre deux bouquins.

— Très bien, formula ma tante, maintenant, asseyons-nous par terre et donnons-nous la main.

Clairement, tous ceux qui n'étaient pas Madette ouvrirent des yeux ronds comme des soucoupes à thé.

— T'es sérieuse ?

Ma tante s'esclaffa soudain.

— Non, mais vos têtes étaient très drôles à voir.

Dites donc, Madette n'était pas aussi douce que je le pensais.

Sans perdre plus de temps, elle s'assit tout de même au sol, au beau milieu de nos six jambes. Là, debout, sans rien faire, on n'avait pas l'air très malins.

Madette déplia les cartes, et je pris la décision de m'installer à ses côtés avec l'aide de Simon.

— Commençons par la zone où nous nous trouvons, si tu veux bien, proposa ma tante. Nous nous éloignerons au fur et à mesure.

Jameson finit par s'asseoir sur ma chaise, celle que j'utilisais lors de mes consultations. Simon se mit sur celle qu'il avait déjà empruntée. Un sourire étira mes lèvres en me souvenant de notre rencontre. Notre relation avait tout de même vraiment mal débuté. Son regard croisa le mien, et je compris qu'il pensait à la même chose que moi. Nous en avions fait, du chemin, depuis ce jour-là.

— Tu te dépêches un peu ! s'agaça Madette.

— J'ai les mains liées, je te ferais remarquer !

Elle soupira et s'attela à la tâche. Une minute plus tard, la carte de la ville était étalée devant elle.

— Bien.

Elle mit le pendule dans sa paume et observa la carte longuement. Comme si cette dernière pouvait lui souffler à l'oreille la réponse que nous voulions tous obtenir.

En ce qui me concernait, je n'entendis rien.

Tous autant que nous étions, nous laissâmes à Madette le temps dont elle avait besoin. Et le silence aussi. Raison pour laquelle nous échangeâmes tous les trois des regards plus ou moins gênés.

Puis, je me concentrai de nouveau sur la carte et sur le pendule qui pendait des doigts de ma tante. Il tanguait légèrement. J'avais déjà vu Madette faire ce genre de chose, mais, à l'époque, je croyais qu'elle le faisait bouger intentionnellement. Aujourd'hui, je contemplais ses actes d'un œil nouveau.

— Là ! s'exclama-t-elle au bout d'un moment.

Mon attention se posa sur la pointe du pendule. Il montrait une rue, et pas n'importe laquelle, puisque c'était celle de mon appartement, et plus précisément de mon immeuble.

— Se pourrait-il qu'elle se cache si près de nous depuis le

départ ? me demandai-je à voix haute.

— Ça expliquerait la facilité avec laquelle elle s'empare de ton corps, me répondit Madette.

Soudain, une migraine me saisit. Mon gémissement ne passa pas inaperçu, et ce fut là le signe que Marie n'allait pas tarder à surgir.

— Je peux t'apprendre à rester ancrée, me rassura Madette. Avec un peu de chance, elle nous laissera juste assez de temps pour que tu y parviennes.

L'empêcher de s'emparer de moi, c'était la sécurité sur l'instant. Malheureusement, c'était aussi subsister dans le déni. Si elle n'arrivait pas à ses fins avec moi, j'étais persuadée qu'elle s'en prendrait à quelqu'un d'autre, et je ne pouvais pas autoriser ça.

— Non, lâchai-je. Je vais sortir et lui céder les rênes de mon corps. Vous, vous me suivez.

— Elle va sans doute se rendre à la grange, affirma Simon.

— Peut-être, lançai-je en me levant. Mais si ce n'est pas le cas, vous savez quoi faire.

Enfin, je l'espérais, car, en vérité, moi, je n'en avais aucune idée.

Je sortis de mon cabinet alors qu'une nouvelle douleur m'attaquait de front. Je ne voulais pas que Marie les voie. Je souhaitais qu'elle pense que j'étais seule et que je n'avais personne sur qui compter. Ainsi, elle se mettrait le doigt dans l'œil jusqu'au coude.

Il ne fallut que quelques secondes pour qu'elle prenne ma place.

Les choses sérieuses commençaient.

CHAPITRE 30

J'avais décidé ne plus être seulement spectatrice, mais de devenir une véritable actrice majeure des moments où Marie s'emparait de mon corps. Vu que j'avais donné pour mission à Simon et aux autres de veiller sur elle, j'allais, de mon côté, pouvoir passer à l'offensive. Et quoi de mieux pour ça que de me rendre là où le pendule de Madette avait posé sa pointe ? Mon immeuble !

Si Marie s'y cachait, j'allais la trouver ! Invisible comme je l'étais sous cette forme, j'allais pouvoir vagabonder un peu partout sans me faire remarquer.

C'était étrange de déambuler dans les rues ainsi. Tout était pareil que d'habitude et pourtant, les choses me paraissaient si différentes. Les couleurs, les sons, tout me parvenait d'une curieuse manière.

Durant le trajet qui menait à mon appartement, j'analysai le tournant qu'avait pris ma vie ces derniers jours. Je n'avais plus mis un pied dans mon logement, j'avais vécu chez un homme que je croyais être un assassin peu de temps auparavant. J'avais aussi perdu mon travail, car, oui, fermer mon cabinet revenait à dire que j'allais de nouveau entrer dans une période difficile où il me faudrait frapper à toutes les portes pour tâcher de trouver un job. Mon cœur devrait être une nouvelle fois bien accroché pour tolérer les refus qui me tomberaient dessus.

Je soupirai.

Où allais-je vivre ? Je n'avais pas vraiment d'attaches ici. Pourtant, rien que de penser au fait de partir, ma poitrine se serra. Comment pourrais-je survivre sans les petits déjeuners de Cathy ? Et Simon ? Si je m'en allais, j'étais persuadée que nos chemins ne se recroiseraient jamais, et c'était loin d'être ce que je souhaitais, bien au contraire. Bon sang, j'avais réellement un faible pour le fils Noël. Malgré sa mère frappadingue et ses pieds dignes d'un loup-garou. Malheureusement, je savais que la réciproque n'était pas vraie, notre relation s'était transformée en une belle amitié, je voyais comme le nez au milieu de la figure que je n'étais pas son genre. Sans doute préférait-il les grandes brunes à la taille de guêpe et au charme ravageur. L'unique chose qui était ravagée chez moi, c'était mon cerveau, et c'était beaucoup moins sexy.

Je secouai la tête. Il fallait que j'arrête de penser à ça, je me faisais du mal pour rien. Ce n'était pas une nouveauté pour moi d'être seule, j'allais finir par m'y faire. Ou, au pire, je me prendrais un animal. Peut-être qu'Arthurus deviendrait réel, après tout. Au moins, j'aurais quelqu'un à câliner avant de m'endormir.

J'arrivai devant mon immeuble et me dirigeai vers mon appartement. Sans réfléchir, je fonçai dans le mur sans passer par la porte. Madette m'avait expliqué qu'aucun obstacle ne pouvait surgir sur mon chemin quand j'étais sous ma forme astrale. On pouvait dire que ça m'arrangeait bien.

Mon salon n'avait pas changé d'un iota. Les sapins étaient toujours à leur place, installés dans leurs filets. Je fis le tour des autres pièces rapidement, mais il n'y avait rien à signaler. Marie n'était pas ici, et j'étais sûre qu'elle n'y avait jamais mis un pied.

Il était temps de passer à la suite.

J'inspirai un bon coup avant de pénétrer dans l'appartement de mon voisin Kévin. Mon jeune fêtard devait vivre dans un désordre monstre, au beau milieu de sacs de nourriture à emporter et de cannettes de bière.

Quel ne fut pas mon étonnement en rentrant chez lui. Son salon était très beau, mais surtout hyper clean. Rien ne traînait, pas un caleçon ni même une chaussette. Je m'approchai du meuble TV où se trouvait un écran tellement immense qu'il devait voir la moindre imperfection des gens. Aucun grain de poussière n'était présent dans le coin.

— C'est dingue, ça !

Je l'avais extrêmement mal jugé. Vraisemblablement, ce n'était pas parce qu'il était jeune et qu'il se saoulait toutes les semaines qu'il vivait dans un taudis. Ça m'apprendrait à faire des conclusions hâtives, tiens !

Je continuai ma visite tout en me demandant si, tout de même, il ne logeait pas Marie. Peut-être était-ce elle qui faisait le ménage. À croire que mon cerveau refusait l'idée que Kévin puisse faire la poussière.

Au bout d'un moment, je fus bien obligée d'admettre qu'elle n'était pas là et que mon voisin était d'une maniaquerie extrême, puisque aucun cheveu ne traînait dans sa salle de bain et ses toilettes brillaient comme un sou neuf. Bref, je voulais vivre chez Kevin.

Ce fut avec cette certitude que je partis visiter les autres appartements. Lionel s'était assoupi dans son salon, sur son fauteuil inclinable, et il ronflait tellement fort que je me demandai comment le bébé du couple pouvait être subitement si silencieux. Après avoir fait le tour de son logement à la décoration vieillissante, je ne pus qu'attester que la mère de Simon n'était pas ici non plus.

J'eus bientôt la réponse à ma précédente question en pénétrant chez les jeunes parents. Dans le salon, la maman dormait sur le canapé, bouche grande ouverte. Son haut était recouvert de taches, et son pantalon ne valait pas beaucoup mieux. Deux biberons étaient posés sur la table au milieu d'assiettes sales et de cartons de pizza. Bien vite, je trouvai le bébé et le papa. Ce dernier était allongé sur le sol avec une main remontant vers le lit. Ses doigts étaient accrochés par une jolie mimine. Je souris en voyant le petit garçon installé au centre d'une barrière de coussins, sur le matelas de ses parents. Ses yeux clignèrent tranquillement quand ils se posèrent sur moi.

Oh. Est-ce qu'il me voyait ?

Je bougeai vers la droite, puis vers la gauche, et constatai que son regard me suivait. Ça alors ! J'avais déjà entendu Madette dire à une mère l'année précédente que les enfants distinguaient beaucoup plus de choses que nous. Je comprenais mieux ce qu'elle voulait dire par là.

Je souris gentiment au bébé avant de sortir de la chambre. Mais il se mit à pleurer et je grimaçai.

Pas cool, je m'en voulais un peu, pour le coup. Il faudrait que je pense à leur apporter quelque chose pour me faire pardonner. Le plus sympa aurait été un plat cuisiné, mais, vu mes talents, il valait mieux partir sur une bouteille de vin ou un bon pour une baby-sitter.

Il ne me restait plus qu'un appartement, et pas des moindres, celui de la professeure de mathématiques : le Airbnb. Les chances pour que Marie se soit installée là étaient grandes. Quand on y pensait, quoi de plus intéressant que de louer un logement en cash pour se cacher ? Ce fut avec la certitude de trouver son QG que j'entrai dans l'appart, et je ne fus pas déçue.

Car, si aux premiers abords les lieux ne m'offraient pas beaucoup d'indices sur la personne qui y résidait en ce moment, il ne me fallut que peu de temps pour découvrir un corps étendu sur le lit de l'une des chambres. Blonde, les cheveux courts, la soixantaine, Marie Noël ressemblait à la description que son fils m'avait donnée d'elle. Là, paisiblement endormie, il était difficile de se dire qu'elle faisait tant de mal autour d'elle. Et pourtant, en me rappelant ce que la mère de Simon accomplissait depuis quelques jours à présent, l'envie de l'étouffer avec son oreiller fut grande.

Calme-toi, Valentine. Ton but est d'éviter la prison, pas de t'y rendre encore plus vite.

De plus, pas sûre que ma relation avec Simon tienne le coup si je lui ramenais le corps sans vie de sa mère. Il m'en voudrait sans doute un peu quand même.

N'empêche que regarder mon bourreau ainsi en position de faiblesse me fit me sentir plus confiante. Si elle pensait pouvoir m'utiliser comme elle le souhaitait, eh bien, j'allais faire la même chose. On verrait qui s'en sortirait vainqueur.

Je m'approchai de Marie dans un élan de rage. Elle m'avait volé mon enveloppe charnelle et avait foutu le boxon dans ma vie, le moment était à la vengeance. Si cela avait été si simple pour elle de prendre le contrôle de mon corps quand mon esprit était en voyage, je ne voyais pas pourquoi de mon côté je n'y arriverais pas.

Le temps était venu.

Sans attendre, je m'allongeai sur Marie. Oui, c'était étrange. Mais cela fonctionna. Car quelques instants plus tard, je levai ma main aux ongles laqués de rouge, et j'aperçus les marques de l'âge sur mes doigts graciles.

J'étais devenue la mère Noël.

CHAPITRE 31

Ce fut avec un sourire jusqu'aux oreilles que je marchai dans la rue qui menait au commissariat le plus proche, celui où j'avais passé quelques heures enfermée. Bien entendu, je n'avais enfilé aucune veste. J'avais froid, oui, mais j'avais décidé qu'offrir la crève à Marie était un petit plus non négligeable. Chacun sa façon de s'amuser.

Une fois arrivée devant le bâtiment de police, je soupirai de soulagement. J'allais enfin me débarrasser de cette affreuse femme !

Je pénétrai dans l'édifice et fis face à un jeunot derrière le comptoir de l'accueil. Son regard balaya mon corps et analysa mon expression. Sans doute pour savoir comment il devait se comporter avec moi.

— Bonjour, madame. Je suis à vous dans cinq minutes. Vous pouvez vous asseoir en attendant.

C'était un peu comme s'il m'avait dit « vous pouvez prendre un déambulateur par là-bas pour vous aider à marcher ». Marie avait soixante ans, pas quatre-vingt-dix !

— Je vais rester debout, merci.

Et le fixer du regard jusqu'à ce qu'il se décide à s'occuper de moi ! Résultat, il craqua au bout de deux minutes seulement.

— Très bien. Que puis-je faire pour vous ?

— Je viens me rendre.

Il cligna plusieurs fois des yeux.

— Excusez-moi, j'ai peur de ne pas bien comprendre.

Super, j'avais affaire à un benêt !

— Je viens me rendre. J'aimerais voir le lieutenant Lavoise, s'il vous plaît.

C'était le policier chargé des affaires magiques. Chaque commissariat en possédait au moins un. C'était le meilleur moyen d'avoir un œil sur les sorciers qui se mêlaient aux lambdas. Si auparavant, nous vivions retranchés dans nos clans, à présent, beaucoup d'entre nous résidaient parmi les humains.

Le petit jeune finit par acquiescer et m'abandonna pour aller chercher le principal intéressé. Si monsieur Lavoise et moi n'avions pas construit notre relation sur de bonnes bases, j'espérais qu'avec mon geste qui consistait à lui offrir Marie sur un plateau d'argent, il se dériderait.

Le lieutenant arriva et m'observa avec froideur. Super, ça commençait bien.

— Vous m'avez demandé ?

Pas de « bonjour, comment allez-vous ? » À ce que je voyais, on ne s'encombrait pas de la politesse, par ici.

— Bonjour, lieutenant. Pouvons-nous parler dans un lieu plus tranquille ?

Ma requête sembla l'agacer.

— J'ai des informations sur Valentine Delage à vous fournir.

Là, il parut plus intéressé. Ah, comme quoi, il suffisait de ferrer le poisson.

Le lieutenant m'invita à passer devant. Bientôt, je fus de retour dans cette pièce que j'avais rêvé de fuir.

— Asseyez-vous, je vous en prie.

Comme c'était marrant ! Sous ma véritable forme, il ne s'était jamais montré aussi poli.

Je m'installai tout en faisant attention à bien faire crisser la chaise sur le sol, histoire de le voir grimacer. Une fois que cela fut fait, je souris.

— C'est moi, lieutenant.

Ses sourcils se froncèrent.

— Je sais qui vous êtes, Marie.

Ah, il avait fait ses devoirs, très bien.

— Je ne suis pas Marie, je suis Valentine.

Il soupira.

— Cette histoire de changement de corps commence à m'agacer plus que ça ne le devrait. J'ai l'impression que vous vous payez ma tête, et j'apprécie très peu.

Bon, j'allais devoir fournir des efforts pour le rendre moins chafouin.

— Je suis désolée, lieutenant. Croyez-moi, mon but n'est pas de vous ennuyer, mais de régler ce problème. En ce moment même, Marie Noël se trouve dans mon corps. Sans doute en train de faire quelque chose de répréhensible. J'ai décidé de saisir le taureau par les cornes et de tenter le tout pour le tout en la prenant à son propre jeu. C'est pour cela que je suis ici. Arrêtez-moi !

La situation était étrange, je devais l'avouer. Mais n'était-ce pas aussi une merveilleuse idée ?

— Comment puis-je être certain que j'ai vraiment affaire à Valentine, et non à Marie ? me demanda-t-il.

— Je ne sais pas. Je peux vous dire le prénom de mon premier animal de compagnie, la marque de la voiture de mon père, mon numéro d'identité de sorcière, les choses auxquelles je pense avant de m'endormir la nuit, ce que vous voulez !

Son regard las m'inquiéta. Et s'il ne me croyait pas ?

— Vous avez un stylo où il est inscrit « La vérité gagne toujours ». Vous me l'avez donné pour rédiger mes aveux. Finalement, j'ai écrit que j'étais innocente. Avec du recul, je suis presque certaine de n'avoir mis qu'un seul « n ».

Pourquoi diable avais-je oublié d'en mettre deux, et pourquoi cela me perturbait-il maintenant ?

— Effectivement. Bon, imaginons que je vous crois, et ce n'est pas ce que je suggère, qu'attendez-vous de moi, exactement ?

— Que vous passiez des menottes magiques à ce corps, et

non au mien. Marie se réveillera dans cette salle et elle sera prise au piège ! Vous pourrez alors la cuisiner comme vous le voulez, avec des petits oignons ou des échalotes, je n'en ai rien à carrer, mais faites en sorte que plus jamais elle ne recommence son cirque !

J'avais fini ma phrase en criant. Je n'étais pas persuadée que cela soit une preuve que j'étais saine d'esprit.

— Le détective Baldri m'a convaincu de la véracité de vos propos la dernière fois, m'expliqua-t-il. La déclaration de monsieur Simon Noël a soutenu votre version. Si le propre fils de Marie m'avoue que celle-ci fait n'importe quoi, alors je me sens dans l'obligation de l'écouter. J'ai continué à faire des recherches, et j'ai pas mal de questions à poser à madame Noël. Pour le moment, je vais donc la garder en garde à vue. Je vais avoir besoin de tirer cette histoire au clair, et il est évident que vous devrez revenir pour cela. Me suis-je bien fait comprendre ?

À partir du moment où il maîtrisait Marie, il pouvait me demander ce qu'il voulait.

— Bien sûr, lieutenant.

— Et je vous laisse un mois pour mettre votre business en règle. Je ne permettrai pas à une voyante en carton de manipuler les lambdas. En tant que défenseur, je suis là pour assurer leur protection autant que la nôtre.

Je sentis la gêne m'envahir tandis que je hochais la tête.

— Oui, monsieur.

J'avais de nouveau l'impression d'être une gamine de cinq ans en train de se faire réprimander.

— En parlant de cela, on est d'accord que vous avez brouillé l'esprit de l'un des officiers cette nuit-là, au domicile de madame Douveau.

— Madame Douveau ? La femme au chandelier ?

En même temps, je ne voyais pas qui ça pouvait être d'autre.

Mes lèvres se scellèrent. Qu'est-ce que je devais répondre

à ça pour ne pas avoir de problèmes ? La vérité ou un mensonge ?

Soudain, je me sentis partir. Et pour la première fois de ma vie, j'étais contente que Marie prenne ma place !

CHAPITRE 32

Mes yeux s'ouvrirent sur un ciel bleu. Mes mains tâtonnèrent le sol et je sentis la terre humide sous mes doigts. Le lieutenant avait fait disparaître mes menottes !

Soudain, le visage perplexe de l'employé de la pépinière apparut devant moi.

— Vous êtes la gentille ou la méchante personnalité ?

Vraisemblablement, Marie avait su marquer les esprits.

— Gentille, je l'ignore, mais en tout cas, je ne suis pas aigrie comme certaines !

Sa main se tendit alors pour m'aider à me relever. Si l'homme n'était pas un sorcier et ne comprenait pas l'importance de ce qui se jouait ici, l'excuse psychologique semblait lui convenir.

— Vous voyez quelqu'un pour ça ? m'interrogea-t-il. Je veux dire, il n'y a pas des médicaments pour calmer les crises ?

Un sourire apparut sur mon visage. Mon traitement s'appelait lieutenant Lavoise !

Simon finit par arriver en catastrophe. Ses mains se posèrent sur mes épaules et son regard inquiet chercha le mien comme pour vérifier que j'étais bien moi-même.

— En chair, en os et en esprit ! répondis-je.

Je perçus son soulagement et en fus touchée. Dans une telle situation, il aurait pu uniquement s'alarmer pour sa mère. J'étais heureuse de constater qu'il s'en faisait un peu pour moi aussi.

— Alors, lançai-je, qu'a-t-elle fait durant mon absence ?

Madette et Jameson nous rejoignirent tranquillement.

— Ce qu'on imaginait. Elle est venue s'occuper de la

livraison de sapins.

Les nombreux arbres avaient été déposés devant la grange. Il n'en restait plus que deux à décharger dans le camion.

— Il va falloir les rentrer, déclarai-je.

— Pourquoi diable ? s'étonna Simon.

— On ne va pas les laisser là, dans leurs filets ! Les pauvres n'ont rien demandé !

— Ce ne sont que des sapins.

Ma bouche s'ouvrit sur un « O » silencieux avant que je ne lui rétorque :

— Je ne pensais pas que vous pouviez me décevoir autant !

Que des sapins... Qu'est-ce qu'il ne fallait pas entendre ! Ces arbres étaient des êtres vivants à qui on avait coupé le pied, un peu de respect !

Madette, qui avait bien compris que j'étais de retour dans mon corps, lâcha :

— Alors, tu as trouvé des informations ?

— J'ai fait mieux que ça !

Mon expression devait être la même que celle d'un chat venant de manger une souris toute crue. Ma tante, Simon et Jameson m'observèrent avec une certaine inquiétude. Jusqu'où pensaient-ils que je pouvais aller ?

— J'ai amené Marie aux flics !

— Comment ça ? demanda Jameson.

— Eh bien, j'ai fini par la trouver dans l'appartement du dessus. Son esprit étant parti à l'assaut de mon corps, je me suis dit que je pouvais investir le sien et lui rendre la monnaie de sa pièce.

J'étais fière, très fière. Puis je croisai le regard sombre de Simon. M'en voulait-il ?

Jameson, de son côté, me souriait.

— C'était bien pensé, Valentine. Et maintenant que Marie est dans les mains des défenseurs, je pense que je vais pouvoir rentrer chez moi.

Il ne me manqua pas de me confier son numéro de téléphone avant de s'en aller. Le détective précisa bien que c'était uniquement pour lui donner des nouvelles ou l'appeler en cas de problème. En gros, il spécifiait clairement que ce n'était pas de la drague. Si je n'y avais de toute manière pas songé, son insistance à ce sujet m'agaça légèrement. Qu'avaient tous les hommes à vouloir me faire comprendre que je n'étais pas leur genre ?

Jameson Baldri passa alors un coup de téléphone tandis que Simon et moi rentrions les sapins un à un à l'intérieur. Une dizaine de minutes plus tard, une voiture vint se garer devant la grange. La fenêtre côté conducteur s'abaissa et laissa apercevoir une femme aux cheveux bruns et aux yeux verts. Son regard accrocha celui de Jameson et son sourire affectueux alluma ma lanterne. Le détective était pris, voilà pourquoi il avait réagi ainsi. Il contourna le véhicule et monta à l'intérieur. Ils échangèrent un baiser et la voiture repartit comme elle était arrivée.

— Valentine ?

Perdue dans mes pensées, je n'avais pas entendu que Simon me parlait.

— Oui ?

— Est-ce que vous vous sentez bien ?

Marie n'était plus qu'un souvenir, ou presque. J'allais récupérer ma vie. Dans ce cas, pourquoi n'étais-je pas plus heureuse ?

— Bien sûr, mentis-je.

J'étais presque sûre qu'il n'y croyait pas. Alors que nous continuions à ranger les sapins, son regard ne cessait de se poser sur moi.

À quel moment allions-nous nous dire adieu ? Quand est-ce que nous nous séparerions pour ne plus jamais nous revoir ?

— Je rentre avec les bûcherons ! nous annonça Madette.

Mes yeux s'écarquillèrent.

— Les employés de la pépinière, tu veux dire ?

Elle confirma.

— Pourquoi ?

— Le petit a besoin que je le réconforte sur son avenir. Il me ramènera quand j'aurai fini.

Elle me fit un geste de la main et s'en alla sans attendre ma réponse.

Alors, c'était ça, la véritable vie d'une médium ?

— Je ne comprends pas pourquoi on se donne tant de mal pour ces sapins, articula Simon. Cette pièce est destinée à prendre la poussière.

Je sentais qu'il n'était pas totalement dans son assiette et je ne pouvais pas lui en vouloir pour cela. Si enfin sa mère ne risquait plus de blesser qui que ce soit, elle n'était pour autant pas dans une situation appréciable.

— Je n'aime pas laisser les choses en plan, expliquai-je.

En vérité, c'était juste pour pouvoir passer plus de temps avec lui. À chaque sapin que nous entreposions, je tentais de calmer la douleur dans mon cœur. Celle qui apparaissait à chaque fois que je pensais au fait que je n'allais plus côtoyer Simon.

Les minutes défilèrent, puis tout fut en ordre.

Les mains tremblantes, je lâchai :

— Bon, eh bien, je crois qu'on en a fini.

Simon hocha la tête.

— Oui, nous allons pouvoir retourner chez vous.

Forcément, il voulait me ramener. En même temps, comment aurais-je fait, autrement ? Je n'avais pas de voiture, et il m'aurait fallu marcher des heures dans le froid avant de pouvoir regagner mon appartement.

Simon se plaça derrière le volant. Quant à moi, bien installée sur mon fauteuil, je posai mes mains devant les grilles du chauffage.

— Vous ne m'en voulez pas trop ? finis-je par demander

tandis que nous quittions la grange.

— Pourquoi devrais-je vous en vouloir, Valentine ?

Il paraissait réellement surpris.

— Eh bien, pour le petit tour que j'ai joué à votre mère...

— Vous avez seulement remis les choses en ordre. Ma mère mérite ce qui lui arrive. Et si elle m'avait écouté, elle n'en serait pas là. Même si cela ne me satisfait pas de la savoir aux mains des défenseurs, je suis rassuré pour vous. Vous êtes enfin libre.

Ces paroles prononcées par ses lèvres envoûtantes me donnèrent envie de lui sauter dessus. Je me contentai de sourire.

Le trajet jusqu'à mon immeuble se fit dans un silence apaisant. Nous n'avions plus besoin de nous inquiéter de la suite. Je ne risquais plus tout à coup de me transformer en hystérique. Dès que Madette rentrerait, je lui demanderais de tout m'apprendre. Je ne souhaitais pas que tout cela recommence un jour.

Simon se gara devant chez moi. Le cœur serré, je m'apprêtai à lui faire mes au revoir, mais mon compagnon était déjà sorti de la voiture.

Les sourcils froncés, je l'observai se déplacer pour venir ouvrir ma portière.

— Allons-y, lâcha-t-il.

Comment ça, allons-y ?

— Où ça ? demandai-je.

— Eh bien, là où vivait ma mère ! Qu'elle soit aux mains des défenseurs, c'est une chose, mais il nous faut encore comprendre ce qu'elle tramait exactement !

Mon rythme cardiaque s'emballa.

— À moins que vous ne vouliez que je vous laisse tranquille, prononça Simon. Ce n'est pas un problème, je peux très bien me dé...

— Je viens ! le coupai-je. J'ai besoin de savoir où tout cela menait.

Et surtout gagner le plus de temps possible avec lui.

Simon me sourit et je me mis à le contempler comme s'il était la huitième merveille du monde. Je devais avoir l'air ridicule.

— On vous a déjà dit que vous possédiez des yeux magnifiques ? souffla-t-il.

En réalité, oui. Mais jamais ça ne m'avait jamais fait cet effet-là.

— C'est toujours agréable à entendre.

Pendant quelques secondes, nos regards se perdirent l'un dans l'autre. Puis ses prunelles finirent par se poser sur ma bouche et alors, je sentis mon ventre se contracter d'anticipation. C'était enfin le moment !

— Ne gaspillons pas de temps, il ne faudrait pas que vous attrapiez froid, dit-il pourtant en me poussant vers l'immeuble.

Comment voulait-il que j'attrape froid alors que j'étais en train de bouillir de l'intérieur, nom d'un chien !

CHAPITRE 33

Ce fut avec les nerfs en pelote que je montai les marches menant à l'étage. Se rendait-il compte de l'effet qu'il me faisait ? J'étais persuadée que non. À coup sûr, il avait juste regardé mes lèvres parce qu'elles étaient gercées et qu'il avait envie d'en tirer la peau. Un peu comme après un coup de soleil en plein été. Oui, je ne voyais pas d'autre explication.

La porte de l'appartement où vivait Marie était comme je l'avais laissée en partant, c'est-à-dire ouverte. Simon m'autorisa à passer devant, un acte chevaleresque habituellement, mais dans cette situation, je le prenais plus pour un « si danger il y a, tu crèveras en premier. » Mais peut-être exagérais-je un peu.

L'intérieur n'avait pas bougé d'un pouce. Personne n'avait mis les pieds ici depuis ma disparition.

— Vous avez eu le temps de fouiller ? s'enquit Simon.

— Non, cela m'aurait demandé trop d'énergie.

À chaque fois que je touchais quelque chose, j'avais l'impression de perdre quelques journées de vie. Clairement, je ne voulais pas me risquer à retenter le coup tant que je ne saurais pas si cela craignait vraiment ou pas.

Simon commença par fouiner dans le salon ; de mon côté, je me dirigeai de nouveau vers la chambre. Les draps du lit étaient encore froissés. J'étais persuadée qu'elle ne s'était pas dit en s'allongeant qu'elle ne se réveillerait jamais ici. Bien fait ! J'allais regarder le petit bureau qui trônait dans un coin, Marie avait-elle laissé des papiers traîner ? Quelque chose qui pourrait nous donner un indice sur ce qu'elle avait en tête ? Malheureusement, je ne trouvai rien. Je passai aux tables de nuit. Dans l'une d'elles, je dénichai la Bible, mais rien de plus. Sur l'autre, une photographie ancienne et encadrée d'une femme portant dans ses bras un nouveau-né. Je l'observai quelques secondes, il y avait des airs de Marie dans cette femme aux longs cheveux blonds.

Je m'emparai du cadre et sortis rejoindre Simon dans le salon. Il avait retourné tous les coussins du canapé et était en train de contempler l'intérieur des placards de la cuisine.

— Vous trouvez quelque chose ? En dehors du sucre et de la farine ?

Il soupira avant de fermer les portes ouvertes devant lui.

— Absolument pas. Et vous ?

Je secouai la tête.

— Nada.

Simon aperçut le cadre entre mes mains.

— Qu'est-ce que c'est ?

Je le lui tendis.

— A priori, c'est vous et votre mère.

Il attrapa la photographie et la scruta un instant. Le regret se refléta dans ses yeux. Elle était loin l'époque où elle le tenait ainsi dans ses bras.

— Vous voulez venir boire un coup chez moi ? proposai-je.

J'avais l'impression qu'il en avait bien besoin. Et vu que Madette n'était pas encore rentrée, ce serait la bonne occasion pour lui de se livrer s'il en avait envie.

Le sorcier accepta, et nous délaissâmes l'appartement qui, malheureusement, ne nous avait apporté aucune information. Plus le temps passait, plus je me demandais si nous allions découvrir enfin les réelles motivations de Marie.

Cela faisait plusieurs jours que je n'étais pas revenue chez moi. J'en avais presque oublié l'état dans lequel il était. En voyant les sapins disséminés un peu partout, Simon ne put s'empêcher d'éclater de rire.

— Vous vous marrerez beaucoup moins quand sera venu le moment de m'aider à m'en débarrasser !

— Ah, vous ne désirez pas les garder ? s'amusa-t-il.

— J'adore Noël, j'adore les sapins, mais j'aime pouvoir me déplacer chez moi sans me prendre une aiguille dans l'œil !

Je tentai de me rendre dans ma cuisine. Évidemment, je faillis tomber à deux reprises.

— Vous voulez boire quoi ? J'ai des sodas, et je peux vous faire un thé ou un chocolat chaud. Peut-être ai-je aussi une bière qui traîne quelque part.

Ou, au pire, je pourrais en demander une à Kévin.

— Un chocolat, ça m'ira très bien.

Si ce n'était pas un homme parfait !

Tandis que je préparais nos boissons, je l'entendis se mouvoir dans mon salon.

— Vous avez une grande collection de couvertures, lâcha-t-il.

C'était vrai. J'avais un meuble dédié rien qu'à ça. J'adorais me pelotonner sous des plaids. Dès que j'en voyais un qui me plaisait en magasin, je me sentais obligée de l'acheter.

— Rien ne vaut la douceur d'une couverture !

— Pas même un homme ?

Je retournai dans le salon et lui tendis son chocolat. Avec toute son attention braquée sur mon visage, je compris qu'il attendait ma réponse.

— Je vous le dirai quand j'en aurai trouvé un qui veut de moi.

Ça faisait un peu femme désespérée, mais je m'en fichais.

Je m'assis sur mon canapé avec ma tasse dans mes mains. Sa chaleur me rassurait, et les effluves cacaotés me détendaient.

Simon s'installa à mes côtés. Si proche que nos genoux se touchaient. Il posa sa tasse sur ma table basse, à côté du cadre que nous avions ramené de l'étage du dessus.

— Vous ai-je déjà dit que je vous trouvais très courageuse ? me questionna Simon.

— Décidément, vous êtes un peu trop généreux en compliments. Vous comptez me demander quelque chose ?

Blaguer me permettait d'avoir l'air moins touchée que je ne l'étais réellement. J'espérais juste que la couleur de mes joues ne vendait pas la mèche à ma place.

— Vous n'avez pas l'habitude que l'on vous dise des mots gentils, n'est-ce pas ?

C'était une certitude. Même si les gens autour de moi n'avaient jamais été méchants, ils ne m'avaient pas non plus couverte de paroles rassurantes.

— Pas vraiment, effectivement.

Je portai la tasse à mes lèvres et commençai à boire, quitte à me brûler la langue. Ça me permettait de me soustraire un peu au regard de Simon.

— J'ai eu des a priori sur vous. Dès le départ, je vous ai mal jugée et je le regrette. Aujourd'hui, je vous vois comme vous êtes réellement.

— De forme circulaire ?

Il ne sourit pas. En réalité, son sérieux me décontenança. Il attrapa ma tasse et la posa sur la table. Puis son visage s'approcha du mien.

— Si tu le permets, j'aimerais goûter le chocolat sur tes lèvres.

Tout dans cette phrase mit mes sens en fusion. La signification, le tutoiement, et même le mot chocolat ! Simon guetta ma réaction avant de faire quoi que ce soit. Mais, paralysée sur place, je ne fis rien d'autre qu'attendre. Attendre de voir si tout cela était un rêve, ou bien si c'était la réalité.

Les lèvres de Simon se posèrent sur les miennes avec une douceur déconcertante. L'une de ses mains effleura mon genou tandis que l'autre caresserait ma joue. Je participai à ce baiser sans comprendre comment nous en étions arrivés là. Ce fut d'ailleurs cette pensée qui me poussa à prendre légèrement mes distances.

— Je ne saisis pas, avouai-je. Je croyais que je n'étais pas ton style.

— Je n'ai absolument jamais prétendu ça, Valentine.

Il avait encore utilisé cette voix si suave pour prononcer mon prénom. Il me fallut beaucoup de contrôle pour ne pas lui sauter dessus.

— Tu me l'as fait comprendre.

D'un geste, il replaça une mèche de mes cheveux derrière mon oreille.

— J'ai dit que tu avais des formes, je n'ai jamais dit que je trouvais ça moche.

Il s'approcha de moi et ajouta :

— Crois-moi, je trouve ça très sexy.

Au diable le contrôle ! Ma bouche se posa sur la sienne avec urgence. Mes mains parcoururent les courbes de ses épaules, tandis que les siennes s'installaient sur mes hanches. J'étais électrisée, et mon cœur me paraissait exploser chaque fois que sa peau frôlait la mienne. Il m'attira vers lui et j'entendis un bruit sourd. Je détachai mon visage du sien pour voir d'où ça venait. L'une de nos tasses s'était renversée sur la table, le chocolat gouttait à terre et la photographie de Marie semblait me juger au plus haut point.

Alors, vous, on ne vous a rien demandé !

Tandis que Simon embrassait mon cou, je tentai de retourner le cadre avec mon pied. Malheureusement, je me contentai de le faire tomber, et le son du verre brisé sur le sol sonna le glas de ce moment hors du temps.

Simon se décala pour découvrir ce qui venait de se passer, et je pris sur moi pour ne pas pousser un cri de rage.

— Est-ce qu'on peut faire comme si rien ne s'était produit ?

Ses lèvres se retroussèrent en un sourire malicieux.

— J'aimerais bien, mais nous risquons de nous blesser, avec tout ce verre.

Évidemment, il fallait qu'il soit la voix de la raison !

Je soupirai et allai chercher la poubelle, une pelle et une balayette pour éliminer mes bêtises. Simon, quant à lui, avait commencé à nettoyer le chocolat chaud dégoulinant partout.

J'attrapai ce qu'il restait du cadre, mais la moitié demeura au sol. Délicatement, j'en tirai la photographie et lus les quelques mots inscrits à l'arrière.

Mon cœur rata un battement tandis que je réalisais que Simon m'avait menti.

CHAPITRE 34

— Non, mais en fait, t'es vieux !

Il m'avait dit avoir trente-cinq ans, mais la date derrière ce cliché indiquait qu'il en avait presque dix de plus ! Soit presque quinze de plus que moi. Soyons d'accord, il ne les faisait pas du tout, mais quand même !

Ses sourcils levés me jaugèrent bizarrement.

— Qu'est-ce que tu racontes encore ?

Ce « encore » était de trop.

— La date derrière la photo !

Je la lui tendis pour lui montrer la preuve de son mensonge. Il attrapa la photographie et analysa ce qui y était noté. Là, je vis son visage devenir tout blanc.

— Tu ne savais pas que tu avais dépassé les quarante ans ? proposai-je. À quel point tes parents t'ont-ils fait grandir dans une bulle, Simon ?

Il secoua la tête.

— J'ai trente-cinq ans, je peux te l'assurer.

— Alors, pourquoi cette date au dos de cette photo ?

— C'est bien ce que je me demande…

Le moment tendre que nous avions partagé s'était envolé. Même entre les mains des défenseurs, Marie parvenait à me gâcher la vie !

— Il faut que je parle à mon père, annonça Simon.

Hors de question qu'il me laisse en plan après ce que nous avions vécu !

— Très bien, je viens avec toi. Et quand tu auras fini, on pourra reprendre là où l'on s'est arrêté. Je crois que c'était au moment où tu disais que j'étais sexy.

Mon cran eut au moins l'audace de le faire sourire.

— C’est une menace ? demanda-t-il.

— Une promesse.

Je me demandais bien ce qu’Henry allait nous dire. Après tout, le père de Simon n’avait pas été très éloquent lors de notre dernière visite. On pouvait même dire qu’il n’avait pas servi à grand-chose. Mais là, avec sa femme en garde à vue et cette photo que son fils venait de trouver, je refusais de croire qu’il allait garder le silence.

Dans la voiture, Simon avait posé sa main sur ma cuisse. Autant vous dire qu’à l’intérieur, je dansais la salsa ! Jamais je n’aurais imaginé que les choses allaient se dérouler ainsi. Oui, j’étais sous le charme du sorcier, mais je ne pensais pas du tout que l’inverse était vrai. J’étais tombée de haut, et c’était la plus belle chute de ma vie !

— Tu crois que ton père va te dire quoi ? demandai-je.

— Je l’ignore, mais pour le coup, il ne peut pas ne pas être au courant.

— Ils étaient déjà ensemble au moment de cette photo ?

Il secoua la tête.

— Non, mais tout de même. Mes parents ne se cachent jamais rien.

Ça, c’était ce qu’il pensait. Mais souvent, on était loin de savoir ce que pouvait dissimuler un couple, encore plus quand il s’agissait de celui de nos parents.

Nous traversâmes l’allée et nous garâmes de nouveau face à l’habitation luxueuse des Noël. Une fois que nous fûmes arrivés devant la porte, Simon m’attrapa la main.

— Tu peux regarder le gui, cette fois, si tu veux, me proposa-t-il avec un sourire.

Je faillis obéir, mais son père ouvrit la porte et me coupa l'herbe sous le pied.

Las, il lança :

— Tiens donc, quelle non-surprise de vous trouver ici...

Il lâcha le battant et s'en alla dans une autre pièce en nous laissant en plan.

— Ça me paraît bien grossier pour quelqu'un comme Henry, formulai-je.

D'accord, je ne l'avais vu qu'une seule fois, mais il m'avait clairement donné l'impression d'être un homme attaché aux convenances.

— Effectivement, il ne semble pas dans son assiette.

En même temps, vu ce qui arrivait à sa femme, on ne pouvait pas totalement lui en vouloir.

Simon me tira à l'intérieur. Nous retrouvâmes Henry dans la cuisine, perdu au milieu de condiments et de paquets de charcuterie.

— Qu'est-ce que tu fais ? s'exclama Simon, perplexe.

— J'allais me préparer un sandwich.

Pourtant, là, debout, les bras ballants, il semblait surtout attendre que le temps passe.

— Où est le pain ? demandai-je.

Pas de sandwich sans pain, pas besoin d'être la fille d'un boulanger pour le savoir !

Henry me désigna un sac plus loin. J'en sortis trois baguettes. Mouais, la cuisson avait été un peu longue. J'en coupais un morceau. La mie n'était pas assez aérée. Tssss, débutant !

— Que cela soit clair entre nous, Henry, par respect pour la France, plus jamais vous ne retournerez acheter ce pain !

Simon me fit comprendre que ce n'était pas le moment tandis que son père se contentait d'acquiescer. Bien sage.

Je revins à ses côtés et commençai à trancher la baguette.

— Vous savez que votre femme est chez les défenseurs ?

— Oui. On m'a appelé.

Pas un mot de plus. Il ne comptait pas s'épancher sur le sujet.

J'attrapai la moutarde et en tartinai l'intérieur du pain.

— Depuis quand êtes-vous avec votre femme ?

— En quoi cela vous intéresse-t-il ? ronchonna-t-il.

— Votre fils et moi, on s'entend bien. C'est donc tout naturel que je veuille en apprendre plus sur ceux qui l'ont élevé.

Henry était loin d'être dupe. Mais après avoir soupiré, il me répondit tout de même :

— Nous nous sommes mis ensemble moins de deux ans avant la naissance de Simon.

Des rapides !

Ce fut à ce moment-là que Simon lui tendit la photo. Henry l'attrapa et la regarda avant de la lui rendre.

— Que veux-tu que je te dise ? se contenta-t-il de dire.

— La vérité ?

— Elle est devant ton nez, mon fils.

— Peut-être, mais je ne la saisis pas !

La tension monta d'un cran. Simon en avait marre, et je pouvais le comprendre. Pourtant, on voyait à l'état d'Henry qu'il n'était pas bien non plus. Sa chemise était débraillée, ses cheveux en bataille et des cernes foncés avaient élu domicile sous ses yeux.

— Je ne peux rien te dévoiler, finit-il par déclarer.

— Vous ne pouvez pas ou vous ne voulez pas ? demandai-je.

Le regard brillant du père de Simon se posa sur moi.

— Je ne peux pas.

C'était donc la raison de son mutisme.

— Elle vous a jeté un sort ?

— Elle m'a fait lui donner une promesse, rétorqua-t-il. Une promesse que je ne peux briser. Mais entendez-moi bien, j'étais d'accord avec ça. C'est ma femme, et ses secrets sont les miens.

— Même quand ses secrets peuvent mettre des gens en danger et les mener en prison ?

Henry ne répondit rien. Et nous pourrions le cuisiner autant que nous le voulions, il n'avait pas la capacité de nous dire la vérité.

Je fermai son sandwich et le lui tendis.

— Il aurait été meilleur avec du bon pain, le prévins-je, mais ça sera mieux que rien.

Je contournai l'îlot et attrapai la main de Simon.

— Allons-y.

— Mais où ça ?

— Poser des questions à la principale intéressée !

Il était temps pour Marie et moi d'avoir notre première conversation !

CHAPITRE 35

Simon me suivait, mais on pouvait voir à son visage qu'il pensait que c'était une mauvaise idée.

— Je crois qu'il vaudrait mieux faire profil bas, formula-t-il alors que nous arrivions devant le commissariat.

— Je ne suis pas d'accord. J'ai tous les droits d'être là et de demander des comptes.

En vérité, je n'étais pas totalement certaine que ma visite fasse plaisir au lieutenant Lavoise, car il ne m'avait pas encore convoquée, mais je préférais en faire abstraction.

Nous pénétrâmes tous les deux dans l'établissement. Le même jeune homme que la fois précédente nous accueillit. Cette fois, il ne me proposa pas de m'asseoir, mais s'enquit directement de ce qu'il pouvait faire pour moi.

— J'aimerais discuter avec le lieutenant Lavoise, s'il vous plaît.

Il partit le chercher. À mes côtés, Simon était fébrile. Était-ce dû à la situation délicate ou bien au fait de savoir qu'il allait bientôt se retrouver face à sa mère et à ses mensonges ?

Le lieutenant nous rejoignit. Il serra nos mains et nous invita à le suivre dans son bureau.

— J'allais justement vous appeler, Valentine.

Était-ce une bonne ou une mauvaise nouvelle ?

— Marie Noël a tout confessé. Elle a écrit ses aveux noir sur blanc, et toutes les charges contre vous lui sont maintenant entièrement imputées.

Ça alors ! Moi qui pensais qu'elle allait nier pendant un temps...

— A-t-elle dit pourquoi elle avait fait ça ?

Il secoua la tête.

— Selon elle, nous n'avons pas à connaître ses intentions pour la punir. Sur le principe, elle n'a pas tort, mais je dois avouer que j'aurais aimé comprendre pourquoi elle a créé tout ce remue-ménage.

Ah, ça, il ne pouvait pas si bien dire.

— Peut-on lui parler ? demanda Simon.

— Elle n'est pas autorisée à recevoir la visite de sa famille pour le moment.

Je sentis mon beau sorcier baisser les bras.

— Et moi ? Je ne suis pas de la famille et je mérite au moins d'avoir une conversation avec elle !

Peut-être arriverais-je à lui tirer les vers du nez. J'avais envie d'y croire, en tout cas.

Le lieutenant sembla hésiter, c'était le moment ou jamais d'en rajouter une couche.

— Vous n'avez qu'à nous surveiller derrière votre miroir sans tain. Avec un peu de chance, vous découvrirez en même temps que moi la vérité.

Ou bien il se rendrait compte de quelque chose que, moi, je ne verrais pas, car je n'avais pas sa formation.

Le défenseur finit par accepter. Pour le coup, j'étais persuadée que c'était sa curiosité qui jouait en ma faveur. Lui aussi voulait connaître le fin mot de l'histoire et avec Marie, c'était un grand pan qui nous manquait.

Une fois devant la porte qui menait à la salle d'interrogatoire, j'inspirai un bon coup. J'allais faire face à mon bourreau, mais également à la mère de celui sur qui je craquais. La situation n'aurait pas pu être plus étrange.

Je frappai deux fois au battant pour avertir Marie de mon arrivée, puis j'entrai dans la salle.

Marie ne tourna pas son visage vers moi. Elle se fichait de qui venait de pénétrer dans cette pièce. C'était un peu comme si elle était ailleurs. Par quoi ou par qui ses pensées étaient-elles si profondément accaparées ?

J'allai m'installer devant elle, sur la chaise du lieutenant. C'était étrange d'être assise à cette place alors que, quelque temps auparavant, j'étais à celle de la mère de Simon.

— Marie.

J'avais tenté de conserver une voix impassible. De ne montrer aucune émotion. Les yeux de Marie se braquèrent sur moi. La froideur qui en émanait me surprit.

— Je suis Valentine, mais ça, vous le savez déjà, n'est-ce pas ?

Elle ne répondit rien. Son mutisme m'agaça plus qu'il ne m'inquiéta.

— Vous allez garder le silence tout le long de notre entrevue ? lâchai-je.

— Que voulez-vous que je fasse d'autre ? m'assena-t-elle.

— Présenter vos excuses ? Ce serait la moindre des choses à faire quand on songe à ce que vous m'avez fait subir !

Ses lèvres se scellèrent. Elle n'allait pas demander pardon.

— Votre mari trouverait votre silence très inconvenant, déclarai-je.

— Laissez mon mari en dehors de cette histoire ! s'écria-t-elle.

Ah, un soupçon de colère, c'était déjà mieux que rien.

— Vous pensez que c'est mieux de le forcer à taire vos secrets ?

Le regard qu'elle m'offrit était assassin. C'était officiel, Marie ne m'aimait pas. Heureusement pour moi, je m'en fichais !

— Vous savez, je me suis longuement interrogée sur vos motivations. Il y avait toujours quelque chose qui ne collait pas. Puis on a trouvé une photo dans l'appartement que vous louez.

Si elle tenta de ne rien laisser paraître, je vis sa poitrine se soulever plus rapidement. Preuve que ce que je venais de dire la perturbait.

— C'était un beau bébé, assurai-je. Simon lui ressemblait-il ?

Sa paupière tressauta.

Je n'avais peut-être pas une formation d'inspectrice, mais j'avais assez étudié la psychologie des gens et les réactions qui étaient attachées aux émotions pour savoir si j'empruntais la bonne voie. Et c'était le cas.

Je soupirai.

— Simon n'est pas au courant, cela veut dire que vous n'avez pas gardé cet enfant. À moins que cela soit l'enfant de quelqu'un d'autre ?

Pas de réaction.

— Donc, c'est le vôtre. Henry n'est pas le père. Vous lui avez interdit d'en parler, c'était une grossesse qu'il vous fallait cacher. Pourquoi ?

Elle ne me répondrait pas, je le savais. Mais ses mâchoires se serrèrent, et je sentis que, petit à petit, je la dirigeais vers le point de rupture.

— Et quel est le rapport avec tout ce qui se passe aujourd'hui ? demandai-je. Cet enfant doit avoir dans les quarante-cinq ans environ, à présent. Peut-être est-il malade ? Est-ce cela ? Vous voulez faire sa connaissance avant qu'il ne perde la vie ?

Cette fois, elle ne put s'empêcher de hurler :

— Mon fils n'est pas en train de mourir !

Ding ding ding, j'avais tapé dans le mille.

Un sourire retroussa mes lèvres.

— Un fils, donc. Qui va très bien apparemment. Est-ce vous qui êtes malade ?

— Je vais vous en coller une, jeune fille, vous allez vite vous rendre compte que je suis en pleine forme !

Jeune fille ! C'était adorable !

— Vous savez, Marie, je pense avoir assez d'informations

pour découvrir qui est cet homme. Le seul événement que nous n'arrivons pas à relier aux autres est ce concours de maisons en pain d'épices. Votre fils s'y trouvait, n'est-ce pas ?

Ses yeux se mirent à briller, mais aucun mot ne fut prononcé.

Dire que Simon avait été si proche de son frère sans même en être conscient.

Je tentai de prendre un ton doux pour la suite :

— Ne voulez-vous pas dire la vérité avant que l'on apprenne tout par nos propres moyens ? Ne serait-ce pas mieux pour Simon de l'entendre de votre bouche ?

— Je n'ai pas le droit de le voir, se contenta-t-elle de répondre.

— Il est présent derrière ce mur, Marie. Il vous regarde à travers ce miroir, et je suis persuadée qu'il attend que vous lui disiez la vérité. Simon a beaucoup souffert de cette situation. Depuis le départ, il tente de vous aider, de vous protéger, et vous l'avez repoussé, transformé en casse-noisettes, et que sais-je encore... Simon est tout autant votre fils que cet homme que je ne connais pas, et vous lui devez des explications.

Si avec ça, elle ne craquait pas, je ne pourrais plus rien faire pour elle.

Heureusement pour moi, une larme roula sur sa joue. La digue était en train de céder, ce n'était plus qu'une question de secondes avant qu'un flot de paroles ne se déverse de ses lèvres.

— J'étais jeune quand je suis tombée enceinte de Jules, déclara-t-elle. Et si élever un enfant ne me faisait pas peur, j'ai bien vite compris que, pour lui, la situation était tout sauf idéale. Pas parce que je n'avais pas d'argent, mais parce que son père et moi n'étions pas du même clan.

Si les relations entre différents clans étaient aujourd'hui tolérées, cela n'avait pas toujours été le cas. Pendant longtemps, les enfants partageant les pouvoirs de deux clans ne grandissaient qu'avec l'un de leurs deux parents. Ils devaient renier l'autre côté de leur arbre généalogique, et ils étaient traités comme des monstres par leurs pairs. C'était une vie difficile pour toute la famille.

— Son père ne voulait pas en entendre parler. Il souhaitait que j'avorte. J'ai proposé de le garder et de faire comme si le père était de mon clan, mais il a refusé.

Comment des gens pareils pouvaient-ils exister ? Soudain, c'était cet homme que j'avais envie de mettre derrière des barreaux.

— Ne pouvant pas me résoudre à commettre l'irréparable, continua Marie, j'ai fait croire à mon avortement et j'ai poursuivi cette grossesse dans le plus grand des secrets. Ensuite, j'ai laissé Jules devant un orphelinat de lambdas et je l'ai regardé grandir de loin...

— Attendez... Jules est un sorcier, non ? Comment a-t-il pu gérer l'arrivée de ses pouvoirs parmi les lambdas ?

— Ils ne sont jamais arrivés, me dit-elle, j'ai inhibé sa magie.

Ma bouche s'ouvrit, j'étais sous le choc. Cela faisait bien longtemps qu'un tel acte était interdit par nos lois. Seuls les membres les plus hauts placés du ministère des sorciers pouvaient faire une chose pareille, et encore, il fallait une très bonne raison.

En faisant cette révélation, Marie s'attirait plus de problèmes qu'elle n'en avait déjà.

CHAPITRE 36

Je m'en voulais presque de lui avoir fait cracher le morceau. Malheureusement, nous ne pouvions pas retourner en arrière. Les paroles avaient été prononcées et ne pouvaient plus être ignorées.

— D'accord, enchaînai-je. Je comprends mieux pourquoi vous avez souhaité garder ce secret... Mais quel est le rapport avec Noël ?

— Si Jules n'a pas accès à ses pouvoirs, cela ne sera pas le cas de ses enfants. Du moins, je ne peux en être certaine. Les unions entre sorciers et lambdas sont quasiment inexistantes, je ne sais donc pas de qui mes petits-enfants vont tenir. Je me demande d'ailleurs si sa femme n'est pas une imper.

Les impers étaient des êtres à part. S'ils ne possédaient pas de magie comme les sorciers, ils parvenaient tout de même à la voir et restaient totalement conscients de la réalité quand nous l'utilisions. Que cette femme soit une imper serait une bonne nouvelle. Dans le cas inverse, si ses enfants usaient de magie devant elle, elle serait incapable de s'en rendre compte. Je n'osais imaginer les dégâts.

— Je ne peux pas inhiber les pouvoirs de ses enfants, prononça Marie. Je reste persuadée qu'à l'époque, cela a sauvé la vie de Jules. Mais aujourd'hui, les choses sont différentes.

Effectivement. Mais bon, je ne voyais toujours pas le rapport avec Noël !

Soudain, la porte s'ouvrit et le lieutenant passa sa tête dans l'embrasure.

— Bon sang, Marie, quel est le rapport avec Noël ?

Amen !

Cette dernière inspira un grand coup avant de lâcher :

— Il y a deux ans, Jules a demandé sa mutation en Australie. À ce moment-là, j'ai compris que je devais lui avouer la vérité. Je me suis mise en tête que Noël serait le moment parfait pour lui révéler qui j'étais et ce qui risquait d'arriver à ses enfants. Cependant, ils ont choisi de passer les fêtes dans la famille de sa femme, l'an dernier. J'ai pensé que tout était fichu, que je ne pourrais pas organiser la rencontre que j'avais conçue, mais la mutation a tardé à être acceptée. Finalement, il me restait encore une chance pour vivre le Noël que j'avais imaginé.

Ah bah, oui, tu parles d'un super Noël, tiens ! Au fait, Jules, tes gosses vont bientôt pouvoir te mener à la baguette, car ce sont des sorciers, allez, bon voyage !

— Vous comptiez réellement lui avouer tout ça le soir de Noël ? s'étrangla le lieutenant.

Ah, Dieu merci, je n'étais pas la seule à trouver que c'était une idée terrible.

— Oui. Tout passe mieux avec la magie de Noël, répondit Marie.

Une mauvaise coupe de cheveux, ça passe, une rupture amoureuse, à la limite, mais pas un tel secret !

— Lui offrir autant de sucres d'orge n'aurait pas compensé le fait de remettre toute sa vie en question, lui dis-je.

— Les sucres d'orge, c'étaient pour les enfants. Pour lui, j'avais prévu la boule à vœux.

La fameuse !

Eh bien, si je m'attendais à ça...

Le défenseur Lavoise m'invita à sortir et récupéra sa place.

— Valentine ?

Je me retournai en entendant la voix de Marie.

— J'ai choisi un endroit pour me planquer, et je suis tombée sur cette location dans votre immeuble. Quand j'ai utilisé ma magie pour partir à la recherche d'un corps à manipuler, je ne pensais pas avoir autant de facilité à en trouver un. Et pour cause, votre esprit avait décampé. Cela a rendu les choses plus aisées pour moi, mais j'ai conscience que c'était mal et que cela vous a fait du tort. Je suis désolée.

Si cela ne réparait pas le mal qu'elle avait fait, ça aidait tout de même.

Je hochai la tête et sortis avant de partir à la recherche de Simon. Je le retrouvai non loin, assis sur une chaise, le visage entre les mains. Ma paume se posa dans son dos et il leva les yeux sur moi.

— Tu tiens le coup ? m'enquis-je.

Il me fit signe que oui.

— Je ne savais pas à quoi m'attendre, mais pas à ça, en tout cas.

Je ne possédais pas les mots pour lui remonter le moral. C'était beaucoup d'un coup. Surtout qu'en plus de l'existence d'un frère qu'il ne connaissait pas, il devait s'inquiéter de ce qu'allait devenir sa mère.

Le lieutenant Lavoise finit par ressortir quinze minutes plus tard avec des feuilles griffonnées.

— Les aveux sont complétés.

Je ne savais pas si nous devions nous en réjouir, de notre côté...

— Valentine, vous m'avez impressionné ! Simon m'a dit que vous aviez fait des études en psychologie magique. Si vous cherchez un poste, n'hésitez pas à m'appeler, j'ai des contacts un peu partout.

J'avais la sensation qu'on venait de m'offrir un cadeau de Noël, mais je n'osai pas m'en amuser devant Simon.

— Merci beaucoup, lieutenant, je n'y manquerai pas !

Surtout s'il voulait que je ferme boutique d'ici un mois. Autant dire que, dès les fêtes passées, il aurait de mes nouvelles !

— En ce qui concerne ce Jules et ses enfants, je vais devoir m'en mêler, j'espère que vous en avez conscience.

L'inverse eût été étonnant. Un défenseur ne pouvait pas laisser deux enfants sorciers livrés à eux-mêmes. Et en ce qui concernait l'inhibition de la magie de Jules, je n'étais pas certaine qu'elle dure...

— Y a-t-il des protocoles pour ce genre de chose ? demandai-je soudain.

Le lieutenant fronça les sourcils.

— Pour quel genre de chose ?

— Êtes-vous obligé de convoquer Jules pour lui avouer toute la vérité ?

Il secoua la tête.

— Non, vu la période de l'année, cette histoire n'avancera pas avant début janvier. Je dois d'abord en référer à mes supérieurs et attendre leur aval avant de faire quoi que ce soit.

— Mais à ce moment-là, Jules sera en Australie, rappela Simon.

— Et vous êtes conscient du coût d'un billet d'avion ? insistai-je. C'est hors de prix ! Surtout que vous allez aussi demander aux enfants de venir, non ?

Le lieutenant croisa les bras.

— Je peux savoir ce que vous sous-entendez ?

Oui, bon, d'accord, j'avais peut-être une petite idée derrière la tête.

— J'ai tout de même l'impression que vous m'avez retourné le cerveau, mademoiselle Delage.

Je souris au lieutenant assis à mes côtés.

— Absolument pas !

J'avais dû énormément insister et utiliser toutes les ruses

possibles et imaginables pour le faire ployer, mais j'avais fini par gagner. C'était d'ailleurs pour cela que j'étais habillée en elfe et lui en père Noël.

— Je n'en reviens pas, marmonna-t-il.

Installé sur le fauteuil que Marie avait acheté je ne sais où, il observait tout comme moi la rencontre entre Marie, Simon, Jules et ses enfants. Cette dernière avait prétexté qu'il avait gagné le second lot du concours de maisons en pain d'épices, un repas de Noël dans un endroit magique. Clairement, il ne devait pas s'attendre à la suite. Je reconnus sans mal le papa et sa fille d'environ sept ans aperçus au concours. Maintenant que j'avisais Jules en étant au fait de la vérité, je parvenais à voir quelques ressemblances avec Simon. Ils avaient le même sourire et les mêmes traits doux. Une femme et un petit garçon accompagnaient le duo. Ce dernier semblait excité comme jamais tandis que sa mère amusée lui demandait de se calmer un peu.

— Vous pensez qu'il va mal le prendre ? lançai-je, angoissée.

J'avais envie de me ronger les ongles, mais mes gants verts me l'interdisaient.

— Je n'en sais rien, mademoiselle Delage, et très sincèrement, je m'en fiche.

Ça, je n'y croyais pas un brin ! Certes, j'avais usé de tous mes charmes pour qu'il accepte de relâcher Marie sous sa surveillance le temps qu'elle avoue la vérité à son fils, mais il n'empêche que s'il n'avait pas eu à cœur la magie de Noël tout comme moi, il m'aurait dit non.

Et vu son sourire et son jeu d'acteur au moment où les enfants coururent à sa rencontre, je pouvais affirmer avec certitude que le lieutenant Lavoise était en réalité un gros nounours, sous son masque de pierre.

Simon finit par me rejoindre.

— Puis-je remercier le lutin de Noël pour son merveilleux

cadeau ?

— Je ne t'en ai pas encore fait, déclarai-je.

Avec tout ça, je n'avais pas eu le temps d'acheter quoi que ce soit. Il allait d'ailleurs falloir que j'aille faire des emplettes avant de me rendre dans ma famille.

Simon m'attrapa les mains.

— Notre présence à tous ici n'aurait pas été possible sans toi, Valentine. C'est le plus beau cadeau que tu pouvais me faire. Merci infiniment.

Il ponctua sa phrase de baisers jusqu'à ce que le père Noël lance un :

— Oh, oh, oh, mon ami, lâche mon lutin avant que papa Noël ne devienne tout rouge !

Un rire secoua ma poitrine tandis que Simon retournait vers sa famille. De loin, je vis Marie pleurer et son fils aîné la prendre dans les bras. Mon cœur se gonfla d'émotion.

Les enfants se ruèrent dans la piscine de sucres d'orge.

— Vous êtes obligé de l'incarcérer pour ce qu'elle a fait ? demandai-je au lieutenant. Vous ne pouvez pas la faire payer autrement ?

— Vous êtes au courant que je ne suis pas réellement le père Noël ?

Je souris.

— C'est juste que l'idée de séparer une famille me déplaît.

— Si ce n'est que ça, je peux tous les mettre en taule !

— Très drôle !

Les enfants riaient à gorge déployée sous les regards attendris des adultes.

— Si vous ne portez pas plainte contre elle, ça peut aider, me révéla le lieutenant Lavoise. Et en ce qui concerne l'inhibition des pouvoirs, si elle prouve qu'elle pensait réellement ne pas avoir d'autres choix pour lui sauver la vie, ça passera peut-être. Pour le vol de la boule à vœux, là, en revanche, je n'aurai pas mon mot à dire. Il va falloir qu'elle s'explique avec mon clan et qu'elle voie si elle peut offrir quelque chose en échange de leur pardon.

Tout n'était donc pas perdu.

— Au fait, reprit-il, je manque de sorciers qualifiés au commissariat. J'ai passé un petit coup de fil pour savoir si j'avais le droit d'embaucher. J'ai eu un accord. Si ça vous tente, je vous propose un poste. Vous serez possiblement amenée à travailler sur le terrain pour analyser des comportements, vous m'assisterez pour les interrogatoires et, bien entendu, vous me ferez mon café.

— Vous ne pourriez pas boire du chocolat chaud ? Parce que je suis plus douée pour les chocolats que pour les cafés.

— C'est donc un non ? s'enquit-il avec un sourcil relevé.

— C'est un oui ! J'apprendrai à faire du café. Ça ne doit pas être si compliqué.

J'aperçus son sourire en coin et je libérai alors ma joie en sautillant sur place.

— Il a quoi, le lutin ? s'exclama le petit garçon dans la piscine à sucres d'orge.

— Ce n'est rien, répondit le père Noël, elle a juste eu une promotion !

Pour le coup, papa Noël m'avait réellement offert un beau cadeau.

ÉPILOGUE

Debout devant la porte d'entrée, j'attendais.

— Vous vous dépêchez ? lançai-je, impatiente.

J'avais hâte de voir mes parents et le fils de mon frère né deux semaines plus tôt. Si maintenant j'étais la tatie de deux adorables enfants nommés Lilia et Maden, grâce au frère de Simon, je n'avais jamais eu la chance de les connaître bébés. Un regret que je n'étais pas la seule à posséder, puisque Marie demandait assez souvent à Jules s'il ne voulait pas en mettre un troisième en route. Mais le frère de Simon avait été clair, deux suffisaient !

Alors qu'il aurait dû partir en Australie il y avait un an de cela, découvrir la vérité sur ses origines lui avait fait changer tous ses plans. Sa femme, qui se trouvait bien être une imper, avait fait preuve d'une compréhension incroyable et avait soutenu son mari dans chacune de ses décisions. Marie, quant à elle, avait dû payer pour ses crimes, et pas uniquement avec de l'argent. Elle avait dû effectuer des travaux d'intérêts généraux magiques, et le clan Lavoise n'avait pas été doux avec elle. Heureusement, tout cela touchait bientôt à sa fin, et elle pourrait rapidement retrouver une vie normale. Du moins aussi normale que possible pour une femme qui ne regardait pas Netflix. Oui, j'étais en plein dans le jugement.

Quel meilleur moment pour nous réunir tous que le jour de Noël ? J'avisai la magnifique couronne que mes parents avaient accrochée à leur porte. Ils se réjouissaient de ces quelques jours que nous allions passer tous ensemble. La famille s'était agrandie ! Mon frère leur avait offert leur premier petit-enfant et, moi, j'avais ramené Simon et... Arthurus !

Mon gros nounours de chien mettait des poils partout, mais je m'en fichais royalement ! Arthurus avait absolument le droit de coller sa fourrure là où il le voulait, même sur mes précieuses couvertures ! C'est dire à quel point je l'aimais !

La porte s'ouvrit sur mon père. En me voyant, son sourire déjà présent sous sa moustache noire s'agrandit.

— Il me semblait bien avoir entendu du bruit ! Entre, où sont les autres ?

— Arthurus a traîné Simon jusqu'au jardin de madame Chevallier, il doit être en train de chercher Padmé partout.

Padmé, c'était la femelle dalmatien qui vivait juste à côté et qui adorait manger des chaussettes. Il avait un petit faible pour son grain de folie. Tel maître, tel chien !

— Et ta tante, tu l'as laissée sur place ? Dis-moi que oui !

Je ricanai et me retournai pour voir la silhouette de Madette encore installée à l'arrière de la voiture.

— Un rendez-vous téléphonique de dernière minute.

— Décidément, depuis qu'elle a repris ce cabinet de médium, elle ne s'arrête pas !

Il ne pouvait pas mieux dire ! Si mes affaires ne marchaient pas trop mal quand j'étais la gérante du cabinet, cela avait tout bonnement explosé avec l'arrivée de Madette. J'avais été très étonnée de sa décision de reprendre le commerce. Pendant un long moment, j'avais pensé que c'était pour rester à mes côtés et veiller sur moi, mais finalement, j'avais compris qu'elle le faisait aussi pour elle, que c'était ce qu'elle était censée faire. Et clairement, ma tante commençait à avoir un sacré succès, par chez nous !

Mon père me fit entrer après m'avoir prise rapidement dans ses bras. Même si j'étais aujourd'hui une adulte et que j'avais ma propre vie et mon propre logement, dès que je revenais ici, j'avais la sensation d'être chez moi.

Des rires me parvinrent du salon.

Sans perdre de temps, j'y pénétrai et fonçai sur le petit

humain pelotonné contre ma mère.

— Coucou, Maman, lui dis-je sans même lui adresser une œillade.

Je n'avais d'yeux que pour lui. Mon frère et sa femme l'avaient nommé Elliot. Je levai mon regard vers eux et leur souris.

— Vous avez bien travaillé !

Ma belle-sœur semblait épanouie comme jamais. Ses boucles caramel retombaient sur son visage en forme de cœur. Mon frère m'observait, amusé.

J'entendis Simon et Madette parler à mon père, puis tous entrèrent dans le salon. Arthurus vint se coucher à mes côtés.

— Et toi, ma sœur, c'est pour quand ?

J'allais rire, car si avec Simon nous avions commencé les essais bébé depuis quelques semaines, nous n'en étions qu'au début. Cependant, Madette me coupa l'herbe sous le pied.

— Elle accouchera juste avant l'automne, déclara-t-elle.

— Je... avant... quoi ? lâchai-je.

Mon père éclata de rire.

— Voyons, Madette, si c'est vrai, cela veut dire qu'elle est déjà enceinte.

Madette se contenta de poser une main sur l'épaule de Simon avant d'ajouter :

— Exactement !

Un clin d'œil et un sourire plus tard, elle alla s'installer dans un fauteuil avant de demander à mon père de lui ramener du vin chaud.

Encore sous le choc, je regardai Simon, dont les prunelles brillaient d'émotion.

— Joyeux Noël ! m'exclamai-je.

MES AUTRES ROMANS :

DE LA MÊME COLLECTION :

Magie, mensonge et macchabée
Magie, malchance et mojito

SAGA :

Hirendia (terminée) :
Tome 1 : *La légende d'Erakiem*
Tome 2 : *Passé enfoui*
Tome 3 : *Illusion*
Tome 4 : *Équilibre éternel*

Le destin des Hudson :
Tome 1 : *Les secrets d'Oliver*
Tome 2 : *La clé des mondes*
Tome 3 : *Les pouvoirs des ancêtres*

ONE SHOT :

Incarniste

Pour ne rien louper de mes sorties à venir, tu peux t'abonner à ma page auteur Amazon et/ou à ma newsletter en passant par mon site mjkautrice.fr. Tu peux aussi me suivre sur Facebook ou Instagram, ou me contacter par mail sur mjk.autrice@gmail.com.

Depuis quelque temps maintenant j'ai rejoint « the phoenix society », un collectif constitué d'auteurs indépendants qui ont décidé de promouvoir leur travail par un système solidaire.

Je suis très heureuse de faire partie de ce groupe, car je suis entourée d'autrices supers !

Aujourd'hui, je profite donc de cette page pour vous partager d'un autre roman de Noël " Le sapin oui, les boules non".

<u>En voici le résumé:</u>

Marianne aime les fêtes de fin d'année. Elle aime les décorations chargées, les boissons aux épices qui envahissent tous les cafés de New York, les sablés en forme d'étoile, les concours de pulls moches, et même les chansons à base de clochettes !

Ce qu'elle n'aime pas, en revanche, c'est l'espoir saugrenu qu'ont ses proches de la voir trouver l'Amour sous le sapin.

Printed in France by Amazon
Brétigny-sur-Orge, FR

24083904R00141